反面教師
レベルカンスト
から始まる、
神様的
異世界ライフ
～最強ステータスに転生したので好きに生きます～

俺の足がゴブリンに当たった瞬間、
凄まじい衝撃が発生した。
衝撃は轟音を立ててゴブリン――
と周囲の地形をまとめて吹き飛ばした。

ゴブリンどころか、目の前の地面も雑草も
花も木々もまとめて消し飛んだ。
爆弾が爆発したみたいな音と衝撃が、
数十メートル以上も広がって全てを薙ぎ払う。
ゴブリン？　そんなもの欠片すら残さず消滅した。
あとに残されたのは、
ごっそり消えた森の一部とクレーター、
それに、ビビッて尻餅を突いた俺の姿と
背後に隠れたままの少女だけだった。
プルプルと小刻みに体が震える。
「な……なんだ……これ……」

ノイズ
ソニア

マーリン
ソフィア

「第四封印、解除」
全身を不思議な
全能感が駆け巡る。
封印という名の重しが外れ、
力が漲ってくるようだ。

CONTENTS

Level count stop
kara hajimaru, kamisamateki
ISEKAI LIFE

レベルカンスト
から始まる、
神様的異世界ライフ

～最強ステータスに転生したので好きに生きます～

反面教師

［イラスト］りりんら

Level count stop
kara hajimaru, kamisamateki
ISEKAI LIFE

序章　異世界転生

瞼《まぶた》の裏に張りついた白い日差しで目を覚ます。

そこは見慣れぬ森の中だった。

「……ん？」

徐々に意識がハッキリしていく。同時に、回った思考が唐突な疑問を浮かべた。

――どこだ、ここ。

上体を起こして周囲をきょろきょろと見渡す。けれど俺の記憶にはない場所だった。

そもそも森の中で寝転んでいる理由が分からない。やや焦りながら必死に前後の記憶を探る。

「確か……仕事を終わらせて、夕食を取ったあと……あれ？」

よく思い出せない。

頑張って思い出そうとする度にむしろ薄れていく。

なんなんだこのモヤモヤする気持ちは。

地球という星や日本という国、住んでいた地名は思い出せても、自分自身のことが上手《うま》く思い出せなかった。

「俺の名前ってなんだっけ……」

とうとう名前すらおぼろげになる。

平凡な名前だった気がするし、そこそこ珍しい苗字だった気もする。

「ダメだな、記憶がこんがらがってる。ひとまず森を出て病院にでも行くか」

ため息を一つ。やや重い体を持ち上げて立ち上がると、そこでふと自分の身に違和感を覚えた。

「んんっ？　俺、こんな服持っててたか？」

視線が落ちて自らの格好が視界に映る。

目に入ったのは、真っ白な服だった。見たとこ純白のローブだ。

所々に見える金糸がやけに高貴なオーラを発している。洋ものの映画とかで見た。

下にはエキゾチックな装飾の、これまた白い服が。フィクションで僧侶や神官などが身に纏っている物にどこか似ている。

ズボンは肌に張りつくほど細い。両脚をすらりと見せる黒いスキニーパンツ――っぽい何か。衣服には詳しくないからたぶんそんな感じのやつだ。

全体的に白い。白と金をこれでもかとアピールしている。

「まるでコスプレだな」

気分は魔法使い。もしくは神殿などに勤める聖職者だろうか？　などと冗談っぽく内心で言って、俺はくるりとその場で回った。

ふわりと風に持ち上げられるローブの裾。

本当に別人にでもなったような気持ちになる。

「もしかすると俺は、コスプレイヤーだったとか？」

思い出せる記憶にアニメや漫画、小説などがある。いわゆるアニメオタクと呼ばれる存在だ。

情報があやふやすぎて断定はできないが、わざわざこんな格好して森の中をうろつくなんて、変人かコスプレイヤーくらいしか思いつかない。

「しかし最悪だ……この格好で病院に行くのか？　絶対にヤバい奴だと思われる」

仮に俺が医者だったら目を疑うね。

コスプレするのは人の自由だが、コスプレした人を前にして驚くのもまたその人の自由だ。

なんだか無性に恥ずかしくなってきた。

そんな時。

パッと目の前に、半透明の画面が表示された。

パソコンのブラウザみたいな小さい画面。青色の板にはすらすらと白い文字が記されていく。

【転生終了。異世界へようこそ】

「……はい？」

唐突な非現実アピールに、俺の思考は追いつかなかった。思わず素《す》っ頓狂《とんきょう》な声を洩《も》らし、ぱちくりと何度も両目を瞬きさせる。

「て……転生？　異世界？」

この謎の青い板は何を言ってるのかな？　だいたい、ゲームでもないのにどうやって目の前に半透明のウインドウを表示したんだ？

視線を下に向けたり、横に向けたり忙《せわ》しなく動かす。きっと足下に立体映像を流す機械か何かが置いてあって……。

いくら探せども、目を凝らせどもそれらしき物は見つからなかった。

続けて、青いウインドウの文字がサァッと消えて新たな白色が追加される。

【ここはあなたが知っている地球ではありません。次元の異なる世界です。消えゆく命を新たな肉体に宿す、転生という形を取りました】

「消えゆく……ってまさか⁉」

さらっと書かれていたが、その一文を読んで俺の心臓が強く跳ねた。

俺の捉え方が間違っていなければ、それはつまり――元の世界で俺が死んだことを意味している。

ありえない。そう断言するのは簡単だったが、記憶の大半を失っている今の俺には、断言するほどの根拠が無かった。

信じる意味も感じられないが、それは同時にこの情報を俺に伝える意味も無いことを示している。

どういうことだ？　どうなっている？

立て続けに非現実的な情報がもたらされ、俺の頭は完全にパニックに陥っていた。

しばらく謎の青いウインドウを見つめたまま呆《ほう》ける。数分の時が流れた。

肯定するにも否定するにも情報不足。悩む時間すら与えられない俺は、渋々、異常なこの状況を受け入れることにした。

「……証明してくれ。どこかで俺を見ているなら、ここが異世界だって証明してくれ」

果たしてそれは誰に対する言葉なのか。

俺は半透明のウインドウに向かって声をかける。すると、直後に返信が送られてきた。

【口頭で《ステータス表示》と唱えてください】

「ステータス……表示？」

ウインドウに刻まれた文字を半ば反射的に読み上げた。その瞬間、新たな青いウインドウが追加表示される。今度はメッセージが書き込まれているものより大きな画面だ。

名前：マーリン
性別：男性
年齢：29歳
種族：ヒューマン
レベル：10000

ステータス
筋力：10000
体力：10000
速力：10000

魔力：10000

「え……えぇ？」

なにこれ。

まるでゲームみたいな画面が表示された。

これが仮に俺のステータスだとしたら、明らかに桁《けた》が間違っている。一つ以上多くないか？

それともこの異世界とやらでは、一万いってるくらいが当たり前とか？

比べる対象がいないためなんとも言えないが、とにかく。ここまでくると謎のメッセージを否定するほうが難しくなってきた。

「マジで俺……異世界転生しちゃったの？」

理由は分からない。原因も不明だ。

しかし、どうやら今俺がいる場所は、地球とは異なる世界らしい。

あんまりにも情報量が多すぎて膝が曲がる。ガクンと体が地面に落ちて膝を突いた。

「これからどうすりゃいいんだ」

こういう場合、最近のネット小説では前世の記憶を思い出して覚醒するのが定番だろう。もしくは、生まれた家が貧乏か劣悪で独立する！　的な。

けれど俺は俺だ。いきなり森の中で目が覚めて身元も分からない。ステータス画面には名前の表記はあったが、当然ながらマーリンなんて名前に心当たりないしな。

一応、前世？　で知ってる魔術師と同じ名前だ。《魔力》なんてステータスがあるくらいだし、この異世界には魔法という超常的なパワーがあったりして。

【この世界には魔法が存在します】

「おわっ⁉　人の心を読むな！」

しばらく沈黙を貫いていたはずのメッセージ画面が、一切口に出していないはずの俺の思考を読み取った。返事までしてくる。

原理は不明だが、このメッセージを送っている何者かはただの人間ではないのだろう。もしくは人間ですらない――そう、神様のような存在。

でなきゃ人の心を見通すことは不可能だ。魔法を覚えれば俺にもできるのかな？

【残念ながら、心を読む魔法はありません】

チッ。

疑問に答えてくれるのはいいが、こちらのワクワク感を早々にぶち壊されるな。せめて夢を見させてほしい。

【では話を変えて目先のことを】

「目先のこと？」

【個体名マーリンは転生しました。あなたにはこれから自由な生活が待っています】

「自由な生活、ね」

聞こえはいいが、半ば強制的に異世界に放り出されたように感じる。

まあ、死んだと思われる俺に新たな生をくれたことには感謝しているが、それも記憶が曖昧《あいまい》で素直に喜んでいいものかも分からない。

メッセージを送ってくる謎の人物？　に利用されている可能性だってある。

何もかもを信じるわけじゃないが、今はこのメッセージくらいしか頼れるものがない。しばし悩んだ末に、メッセージの続きを待った。

すると、こちらが身構えるのを待っていたのか、すぐにメッセージが送られてくる。

【転生直後に必要な物は揃《そろ》えています。先ほど興味を持たれた魔法を使ってみましょう】

「魔法？　俺ってもう魔法が使えるの？」

【肯定します。個体名マーリンにはこの世界で生き抜くための力を与えました。特に魔法の才能を】

「魔法の才能……」

じっと自分の右手を見つめる。

俺がこの右手から炎を出したりできるってことか？

【火の魔法を森の中で使用するのは危険です。《無属性》の魔法を使いましょう】

「無属性？」

【無属性は他の火・水・風・土・光・闇の六属性に該当しない魔法のことです】

「へぇ……で、何をすればいいんだ？」

【推奨する魔法は異空間収納魔法です】

「仰々《ぎょうぎょう》しい名前が出てきたな」

字面から察するに、ファンタジーものでお馴染《なじ》みの「アイテムボックス」とか「インベントリ」みたいなやつか。

【その認識で合っています】

アイテムボックスやインベントリを知ってるのかこいつ……。

ますます怪しくなってきた。けど俺の記憶を読んだとかなら納得できる。

【では最初にイメージしてください。異なる空間があり、そこへ穴を開けて物を取り出すイメージを】

「穴を開ける……異空間……取り出す……」

実際に口に出しながら脳内にイメージを構築してみる。

思いの外《ほか》あっさりと魔法は発動した。

前世でアニメや漫画を見ていた俺からしたら、アイテムボックスやインベントリを想像すれば済む話だ。

目の前で青色の光が円状に広がった。外側の縁《ふち》は青だが、内側はどす黒いモヤで満たされている。

モヤのほうが空間を歪めていた。ゆらゆらと不規則に動いているようにも見える。

「これが無属性の異空間収納魔法か？」

【はい。その黒いモヤの中に手を入れ、取り出したい物をイメージしてください】

「そもそも何が入ってるのか知らないんだが」

【手を穴に入れると、保管している物の一覧が脳内に浮かび上がります】

「……ほんとだ」

恐る恐る自分で作り出した黒い穴に手を突っ込むと、頭の中に茶色い袋が浮かぶ。

この感じ……どうやら袋にはお金が入っているらしい。そのままイメージを固めて手を抜いた。

俺の右手には、硬貨の入った袋が握り締められている。

「わお。ファンタジー」

袋の紐《ひも》を解いて中を確認する。

金、銀、銅色の硬貨がそれぞれ数枚入っていた。

【金色の硬貨は金貨。銀貨十枚分の価値があります。銀色の硬貨は銀貨。銅貨十枚分の価値があります】

「ふーん。分かりやすくて助かるな」

【さらに金貨の上には大金貨と呼ばれる大きな金貨がありますが、そちらはあまり使われていないので省きました】

「つまりこれだけあればしばらく生活には困らないと」

【いずれ底を突きます。その前に仕事を探してください】

「マジかよ」

転生して早々に「働け」と言われて肩をすくめる。

確か俺のステータス情報には年齢が表示されていたはず。それによると二十九歳。前世とほぼ同じくらいだろう。

地球じゃ二十九歳の大人は働いているのが当然だ。死んだあともまた働けとか厳しい世の中だな。

やはり生きるためには金が必要か。

【オススメの職業は《冒険者》です】

「冒険者？」

【魔物の討伐、薬草などの資源採取、要人の護衛などを請け負う一種のなんでも屋です】

「魔物とかもいるんだ……それってあれだよね、化け物的な」

【はい。魔物は人間や動物とは違ったこの世界特有の生き物です。非常に好戦的で他の生物を襲う習性を持っています】

「うわぁ、こわっ」

【ちなみに個体名マーリンが今いる森にも魔物は生息しています】

「おいいいぃぃぃいいい⁉　なんつう場所に転生させてんだ！」

そういうことはもっと早く伝えるべきだろ⁉　つうか転生させるなら街中でもよかったんじゃ。

【街中にいきなり人が現れたら騒ぎになります。人気《ひとけ》の無い場所を選びました】

「俺にも配慮した場所を選んでくれ」

近くに凶悪な化け物がいると思うと、小さな鳥の囀《さえず》りでさえビクリと肩が震えてしまう。

急に落ち着かなくなってきた。

【安心してください】

「できないが？」

【個体名マーリンは強靭《きょうじん》な肉体を持っています。高い魔法の適性もあり、この辺りに生息する魔物では傷一つ付けられません】

「そんなこと言われても、見たことない化け物は怖いだろ」

【では移動しましょう。近くに人の住む街があります】

「おお！　一応は配慮してくれていたんだな」

だったら街の目の前とかにしろよ、というツッコみは野暮か。

とりあえず再び立ち上がってみる。

直後、青いウインドウがもう一つ追加で表示された。

「これは……マップか」

【はい。一番近くにある街の名前は《セニヨン》。こちらへ向かってみましょう】

「便利なことで」

俺は指示されるがままに表示されたマップを見ながら、鬱蒼《うっそう》と生《お》い茂る森の中を歩き出した。

体が軽い。仕事ばかりで疲労した肉体が新しくなったのだから当然か。

年齢こそマーリン——この肉体は前世の俺と変わらないが、やはり異世界特有のステータスによる影響か、今のところ疲れや違和感のようなものは感じない。

そのままサクサクと雑草を踏み鳴らしながら前に進み、——唐突にそれは聞こえた。

「きゃああああああッッ‼」

「⁉」

少女の悲鳴だった。

一章　なんじゃこりゃあ⁉

近くで少女の悲鳴が上がる。

慌てて俺は声を荒らげた。

「お、おいメッセージ！　どうなってるんだ！」

【前方から人と魔物が接近しています。注意してください】

「注意してくださいじゃないだろ⁉　そういうことはもっと早く言え！」

【私はあくまで案内人。説明はしても全ての面倒を見るわけではありません】

「あっそう」

ったく！　不良品掴《つか》ませやがって。

徐々に足音らしきものが聞こえてきた。枝を折る音も。

十秒後には人影も見えてくる。本当に誰かが得体の知れない化け物に追われていた。

両者の姿を視界に捉えた瞬間、俺の肩が強く跳ねる。

「ッ！」

それは醜悪な小人。

追われているのは少女で、外見年齢は中学生か高校生くらい。その少女よりやや小さいくらいの化け物は、しかし特徴的な見た目をしていた。

全身が緑色。血のように赤く染まった双眸《そうぼう》。

右手には刃物を持ち、不揃《ふぞろ》いの歯を剝《む》き出しに邪悪な笑みを浮かべている。

人間に近いが、確実に人間じゃないことだけは分かった。

【種族名《ゴブリン》と遭遇しました。撃退してください】

この……ッ。簡単に言いやがる。

正直、平凡な人間でしかなかった俺は、今すぐこの場から尻尾を巻いて逃げ出したい衝動に駆られた。

そうしなかったのは、ひとえに襲われている少女への同情。

震える足をなんとか片手で押さえながら、目の前に来た少女へもう片方の手を伸ばす。

「摑まれ！」

蜂蜜色の髪の少女は、やや困惑した表情を一瞬だけ作ったが、生き残るために俺の手を取った。

小さな手だ。小さくて華奢《きゃしゃ》な女の子の手。

それをグイッと後ろへ引っ張り、見知らぬ少女を背後に回す。

メッセージ曰《いわ》く、少女を追いかけていた化け物の名前はゴブリン。異世界ものでは鉄板の怪物だ。

ゴブリンは獲物が遠ざかって残念そうに足を止める。だが、俺という新たな獲物を見つけてニタァ、と笑った。

「は、ははっ。今度は俺かよ……」

メッセージの話によると、俺のステータスは割と高いっぽい。この辺りに傷を付けられる者はいないってことだが……こえぇよ!!

相手は少女を追いかけ回して襲おうとした凶悪犯。ぶっちゃけ足の震えが止まらない。けど逃げられなかった。

小さな女の子を見捨てて自分だけが逃げるなんてカッコ悪いにもほどがある。男っていうのは……たまに調子に乗って見栄を張りたくなるもんだ。

ギリリ、と奥歯を嚙《か》みしめてゴブリンの前に立ち塞がる。

片やゴブリンは、手にした剣を上段で構えてから飛びかかった。俺は咄嗟《とっさ》に腕を盾にして少女を守ろうとする。

――痛いのは嫌だ！

そう思いながらも体は回避の行動を拒む。恐怖の感情が足を絡めとった。

ゴブリンの攻撃をモロに喰《く》らう。

「…………？」

喰らった、のか？

目を瞑《つむ》り、激痛に耐えるべく口を強く結んだ俺だったが、数秒経ってもわずかな衝撃くらいしか伝わってこない。

閉じていた目を開ける。

すると、目の前にゴブリンの手にしていた武器があった。刃は確実に俺の腕を衣服越しに攻撃している。

しかし、刃は衣服を切断できていない。痛みもまったく感じなかった。

「ど、どういうことだ？」

俺の疑問に答えたのはあの青いウインドウ。

【個体名マーリンの《体力》数値が、敵対生物ゴブリンの《筋力》数値を遥《はる》かに上回っています。ダメージは受けません】

「……ま、マジか」

本当にメッセージが言う通り、今の俺の肉体強度はかなりのものらしい。

いくら相手が幼稚園児並みの背丈しかないとはいえ、刃物を受けて痛みすら感じないとは。

あと、想像以上に頑丈なのは着ている服も同じだ。糸のほつれすら見つからない。

「ギギ⁉　ギギギ！」

攻撃が通用せずゴブリンは慌てていた。乱暴に剣を二回、三回と振る。

だが、一度として俺の服を、肌を傷つけることはなかった。

逆に俺は足を動かす。

ようやく震えも治まり、反撃の一手を繰り出した。

「おらっ！」

構えも技術も何もない。ただ目の前のゴブリンを全力で蹴り飛ばす。

体力の数値とやらでダメージを受けないほど頑丈なら、同じ数値の筋力で蹴ればどれほどの威力が出ることか。

——すぐに、この判断がいかに間違っていたのか分かる。

それは純然たる結果を見て。

俺の足がゴブリンに当たった瞬間、凄《すさ》まじい衝撃が発生した。衝撃は轟音《ごうおん》を立ててゴブリン——と周囲の地形をまとめて吹き飛ばした。

そう、ゴブリンどころか、目の前の地面も雑草も花も木々もまとめて消し飛んだ。

爆弾が爆発したみたいな音と衝撃が、数十メートル以上も広がって全てを薙《な》ぎ払う。

ゴブリン？　そんなもの欠片《かけら》すら残さず消滅した。

あとに残されたのは、ごっそり消えた森の一部とクレーター、それに、ビビッて尻餅を突いた俺の姿と背後に隠れたままの少女だけだった。

プルプルと小刻みに体が震える。

「な……なんだ……これ……」

口から零《こぼ》れた言葉は、メッセージに対する問いでもあった。

しかし、どれだけ待とうとメッセージからの返答はない。

あ、あの野郎！　どんだけ俺を強くしたんだ⁉　これはさすがにやりすぎだろ！

靴で蹴っただけなのに怪獣が踏みつけた跡みたいになっている。

でもまあ、ゴブリンが倒せたので結果オーライとしておこう。深く考えると自己嫌悪に陥りそうだ。

それより、今は他に考えるべきことがある。

尻餅を突いたままちらりと視線を背後へ向けた。

「ッ⁉」

俺に見つめられてビクン、とボロボロになった蜂蜜髪の少女の肩が跳ねる。

怖がらせるつもりはなかったが、状況が状況なので仕方がない。なんとか怪しい者じゃないと弁解せねば。

無理だとは思うが、頑張って笑みを作る。

「えっと……こんにちは。君、怪我《けが》とかしてない？」

うーん怪しい！

俺が少女の立場なら即行で防犯ブザーを鳴らして大泣きしている。警察案件待ったなしだな。

けれど少女は、俺の顔をまじまじと見つめてから固まった。怖がってるようには見えない。

「神……様？」

「え？」

初めて悲鳴以外の少女の声を聞いた。

予想通り綺麗《きれい》な声だ。内容は意味不明だけど。

「神様って何が？」

「あ、あなた様は……神様、でしょうか？」

「俺ぇ⁉　違う違う！　どこからどう見ても平凡な人間だよ」

「どこからどう見ても神様にしか見えません」

「……それってどういうこと？」

わけが分からず素直に訊《たず》ねる。

彼女自身も困惑しているようだが、俺の困惑具合はそれを遥かに超えていた。

先ほどの蹴りを見て神様と断言したなら、むしろやりすぎて邪神に思われているかもしれない。

それは嫌だなぁ。少しだけ彼女の返事を聞くのが恐ろしくなった。

しかし少女は、俺の予想とはまったく違った答えを返す。

「あなた様の顔、姿が、昔絵本で見た神様にそっくりです」

「見た目？」

「はい」

こくりと頷《うなず》く少女。

俺は内心で何度も何度もメッセージに言った。

――どういうことだどういうことだどういうことだ！　説明しろ説明しろ説明しろ説明しろぉ！

その願いが叶《かな》ったのか、沈黙していた青いウインドウに文字が表示される。

【個体名マーリンの肉体を構築する際に、自分の外見を参考にしました。まったく一緒ではないのでご安心ください】

「安心できるかぁ！」

「ひぃっ⁉　ど、どうかしましたか？」

「あ……いや……なんでもないです」

やべ。いきなり大きな声を出すものだから少女を怖がらせてしまった。

急いで口を物理的に塞ぐ。なるべく声を抑えて言った。

「残念ながら俺は、君の言う神様じゃないよ。ただの人間さ」

「髪の色も瞳の色もまったく同じなのに？」

「う、うん……違う違う」

神ぃ！　どんだけ適当に作ったんだ！　自分の影響力とか無視してやりたい放題か⁉　そして俺にメッセージを送っていた人物がこの世界の神様であることが判明した。

これは喜ぶべきなのか悲しむべきなのか微妙に反応に困る。

今はゴブリンから少女を救えてよかったと喜んでおく。

「それより怪我とかしてない？　あんな気持ち悪いモンスターに追われて災難だったね」

「い、いえ……少し腕や足を擦《す》りむいたくらいです」

言われてみると、彼女の体には所々痛々しい赤い腫れやわずかに滲《にじ》んだ血の痕が見える。ゴブリンから逃げている最中に枝の先っぽとかで切ったのだろう。

俺の異空間収納魔法とやらに傷薬みたいな物があればよかったんだが。

【傷薬はありませんが、治癒魔法を使うことができます】

「めっせーじ画面？」

「あ、ごめん。このメッセージ画面がさ、治癒魔法が使えるって言うんだ」

「え？　な、なんですか？」

「治癒魔法？」

こてん、と金髪の少女は首を傾《かし》げた。

彼女の視線は宙を彷徨《さまよ》っている。まるでメッセージ画面など、ウインドウなど見えないと言わんばかりに。

まさか？

俺は生まれた疑問を解消すべく、彼女に訊ねた。

「もしかして青い板みたいなのは見えない？」

「は、はい。何も見えませんが……」

「なるほどね」

どうやらこの青いウインドウは俺にしか見えないものらしい。

神様がくれた能力の一つか？

【能力ではありませんが似たようなものです】

やっぱりか。今後変人に思われないように人前での会話は避けるべきだな。どうせ内心を読んでくれるし。

「神様には何か見えるんですか？」

「だから俺は神じゃないって。名前は……」

咄嗟に前世の名前を言いかけた。たぶん。

確信がないのは、ごくごく自然と口を開いたものの、記憶がなくて何も言えなかったからだ。

おそらく、この世界での俺の名前はステータス画面にあったあれだろう。

改めて少女に名乗る。

「マーリン。俺の名前はマーリンだよ」

「マーリン、様」

「様は別にいらないかな」

ちょっと仰々しいし余所余所《よそよそ》しい。

だが、少女は首を左右に振った。

「命の恩人を呼び捨てにはできません。マーリン様と呼ばせてください」

「そ、そっか……了解」

だったら「さん」とかでもよかったんじゃ？　と思ったが、彼女の意思を尊重する。

そこでふと、あることに遅れて気付いた。めちゃくちゃ重要な部分に。

「それで、君の名前は？　見たところただの人間には見えないけど」

「ッ」

俺の言葉を聞いて、バッと金髪の少女は自らの頭部に手をやる。

「ふ、フードが……！」

フード？　ああ、確かに彼女のボロ着にはフードが付いている。けど今は走った時にめくれたのか、素顔がバッチリ晒《さら》されていた。

——普通のものより遥かに長い耳が。

「ごめっ、ごめんなさい！」

「え？」

なぜか急に彼女は顔を真っ青にして頭を下げた。地面に擦りつける勢いだ。
俺は困惑しながらも彼女に頭を上げるよう言う。

「なんで謝るの？　別に俺は怒っちゃいないよ？」

ただ名前を訊《き》いただけでなんだこの空気は。
少女も頭を上げないし、ただただ沈黙が心に痛い。
どうにか状況を打破できないものかと助けを求める。手を差し伸べてくれたのはいつものメッセージだった。

【耳の長い種族は《エルフ族》です。この世界では《亜人》と呼ばれ忌み嫌われています】

な……なんだって……？
要するに地球でもあった差別や迫害の対象ってことか？

【肯定します。彼らの外見は人類の敵——魔物や魔族に似ているため恐れられてきました。一応訂

正しておくと、亜人は特徴的な外見をしているだけで《ヒューマン》とほとんど変わりない人間の一種です】

つまり目の前の少女は、エルフ族ってだけで酷《ひど》い目に遭ってきたのか。自分の素性がバレただけで怯《おび》えるくらいには。

この問いにはメッセージは答えなかった。しかし、沈黙こそが答えと受け取り、俺はグッと拳を握り締める。

酷い話だ。メッセージの話によるとただ誤解されているだけなのに。

みすぼらしい格好も過去にいろいろあった結果だろう。そう思うと無性に腹が立ってきた。

だが、今は怒りをぶつけている場合ではない。気持ちを抑え、できるかぎり穏やかな声を発して少女の肩に手を添える。

少女の肩が小さく震えた。ただ触っただけでこれだ。今まで苦労してきたんだね。

でも、俺はそんなことさせない。

「顔を上げてくれ」

「で、でも……」

「大丈夫。俺は君たちエルフに偏見なんて持ってないよ。虐《いじ》めたりしない」

「マーリン……様……」

ようやく顔を上げた金髪の少女。彼女の瞳は涙で濡《ぬ》れていた。

その涙を服の袖で拭いながら再び彼女に同じ質問をする。

「名前を教えてくれないかな？　いつまでも君、と呼ぶのは失礼でしょ？」

「……ソフィア。私の名前はソフィアです」

「そっか。いい名前だね、ソフィア。ちょっとジッとしてて」

「？　は、はい」

俺の言葉になぜか瞼《まぶた》を閉じるソフィア。

別に殴ったりしないよ……まあ、魔法はかけるけどね。

内心で治癒魔法の使い方をメッセージ――神様に問う。

【魔法は全てイメージが発動の鍵です。傷を治すイメージを思い浮かべてください】

傷を治すイメージ、ね。

異空間収納と違って、少しだけ難しい。

異空間収納魔法は、参考になるものがあった。インベントリとかアイテムボックスとか。

けど、治癒魔法は同じようにアニメや漫画を連想しても上手くいかない。魔力が消費される気配も、何かしらの現象も起こらない。

要するにイメージが足りていないか、イメージができていないか。

こう……何かヒントでもあれば助かるんだが。

心の中で神様に乞《こ》う。直後、脳内に治癒魔法のイメージが浮かび上がってきた。

腫れは炎症を抑える。切り傷は塞ぐ。その具体的なイメージが、鮮明に。

ナイス神様。期待に応《こた》えてくれると思っていた。

【否定。私は何もしていません】

え？

【個体名マーリンの高い魔力数値があるからこそ、魔法に必要なイメージが補助されただけです】

そういうことか。でも、結局ステータスも神様がくれたものだ。お礼は言っておく。ありがとう、神様。

【ではおまけを】

おまけ？

【先ほどの《異空間収納魔法》は、イメージさえ構築できていれば自動で魔法が発動しました】

治癒魔法は違うと。

【肯定します。治癒魔法は直接患部に魔力を注がないと効果がありません。従って、個体名マーリンには《魔力操作》の技術が求められます】

魔法のない世界から来た俺にどうしろと……。それも、魔力数値が補助してくれないのか？

【問題ありません。個体名マーリンは、心臓から供給される魔力を、右手に送るイメージを浮かべてください。血液と同じです】

了解了解。

ひとまず、言われた通りにイメージを作った。

少しして、俺の手元に温かな光が発生する。

光はソフィアの体を包み傷をみるみるうちに治していった。ほんの数秒でソフィアは完治する。

「おお……これが治癒魔法か」

「治癒、魔法？」

呟《つぶや》きを拾ったソフィアが瞼を開ける。

自分の体が綺麗になっていることに気付いて目を見開いた。

「ど、どうして……マーリン様が治癒魔法を？」

「うん、たまたま使えたからね。気分はどう？」

「平気、です……けど」

「けど？」

言い淀《よど》む彼女に俺は首を傾げた。

すると次の瞬間、ソフィアはぶわっと涙を流す。

俺はビクリと上半身を後ろに反らした。ぎょっとする。

「そ、ソフィア？　大丈夫!?　どこか痛いの？」

「ちがっ！　違います！　ただ……初めて治癒魔法をかけてもらって……亜人の私なんかが……」

ボロボロとソフィアの涙は止まらない。

本当にこれまで苦労してきたんだろうな。その様子を見ればよく分かる。

俺は子供に対する父性のような感情を爆発させ、ごくごく自然にソフィアの頭に右手を伸ばした。

彼女の蜂蜜色の髪を優しく撫《な》でる。

「辛《つら》かったね。苦しかったね。でもダメだよ、自分のことを《亜人なんか》とか言っちゃ。せっかくこんな可愛い顔してるのに」

「マーリン……さまぁ！」

「おおっと」

今の言葉がソフィアのダムを決壊させてしまったのか、涙を滝のように流して彼女は抱きついてきた。

拒むことなく抱き締め返してあげる。

「よしよし。好きなだけ泣くといい。こんな体でよければいくらでも貸すよ」

「ありがとう、ございます……ッ!!」

鼻声でガラガラ言ってて面白いが、気持ちは充分に伝わった。

しばらく、ソフィアが泣き止むまで彼女の背中を撫でてあげる。

▼△▼

ソフィアが大泣きを始めてどれくらいの時間が経《た》ったのか。

青いウインドウには時間の表示が無い。今が朝なのか昼なのか夕方手前なのかすら分からず、呆然《ぼうぜん》と緑葉を見上げていた。

その途中、俺の背中に手を回していたソフィアが無言で体を離す。もう涙声は聞こえなかった。

「す、すすす、すみません！　汚らわしいエルフがマーリン様の服をををををを」

「落ち着いてソフィア」

壊れたラジオみたいにバグったソフィアの肩を掴む。

確かに俺の服は彼女の涙と涎《よだれ》でグチャグチャに……いや、なってないな。

よく見ると彼女の顔が触れていた俺の胸元部分は、綺麗なままだった。涎どころか涙の一滴すら付いていない。

【個体名マーリンに与えた服は特別な加護を備えています。汚れません】

至れり尽くせりだな！　転生場所以外は。

「見てご覧ソフィア。この服は決して汚れないからどれだけ泣いても平気だよ」

「う、嘘《うそ》……マーリン様のお召し物は《アーティファクト》なんですか？」

「アーティファクト？」

なにそれ、と首を傾げる。

「特殊な力が宿った道具のことです。装備類はアーティファクトとしては珍しくありませんが……一着で王都中央に豪邸が建つくらい高いって、前にお姉ちゃんから聞きました」

「お姉さんがいるんだ」

「はい。今は病で倒れていますが、大好きな姉です！」

「へぇ」

いいね。姉妹仲良しなのはいいことだ。

「前はお姉ちゃんが私を養ってくれていたので、今は私がこうして頑張っているんです。……まあ、マーリン様がいなかったら危なかったですが」

「そういえばなんでソフィアみたいな女の子がこんな森の中に？　魔物が出るから危険だよ」

「それは……生活するにはお金が必要ですから」

「ソフィアは仕事をしてるの？　……あ、もしかして冒険者？」

「はい。これでも冒険者です」

「おぉ。凄《すご》いね」

冒険者なる職業を俺に教えてくれた神様曰く、冒険者は魔物の討伐を行う危険な仕事らしい。おそらく彼女は資源採取系の冒険者かな？　じゃなきゃゴブリン一匹に逃げるとは思えない。

「ぜ、全然凄くありませんよ。マーリン様のほうが凄いです！」

「あはは。ありがとう、ソフィア」

あんな意味不明な馬鹿力を褒められてもそんなに嬉《うれ》しくないが、相手が美少女なのでちょっと照れる。

「ちなみにソフィアが住んでるのってセニヨンって町？」

「え？　はい、そうですよ」

「奇遇だね。実は俺、これからその町に行く予定だったんだ。よかったら一緒に行かない？　護衛くらいはできると思うよ」

できれば戦いたくはないけどね。

魔物は怖いし、また蹴りなんてしたら周囲がめちゃくちゃになりそうだ。今後のことを考えると、手加減の方法を探さなきゃいけない。

「あっ……す、すみません。私は仕事をしないと生きられないので……」

ソフィアは俺の提案に対して申し訳なさそうに俯《うつむ》いた。

「何をしてるの？」

「薬草の採取です。さっきまで集めていた分はゴブリンから逃げる時に落としちゃって」

「ふんふん。じゃあ一緒に薬草採取しようか」

「え⁉　だ、ダメですよ！　これ以上マーリン様に迷惑をかけるなんて」

「俺はまったく迷惑じゃないよ。むしろこのままソフィアを置いていくほうが心配になって落ち着かない」

「で、でも……」

ソフィアは渋った。謙虚というかいい子なんだろうな。

差別や迫害にあってるエルフ族にも拘《かか》わらず、ここまで純粋に育ったのは、養っていたという彼女の姉のおかげか。

俺はにこりと笑ってソフィアが受け入れやすい条件を加えた。

「ソフィアが負い目に感じるなら、一つだけ条件をいいかな？」

「条件？」

「俺、この辺りのことには疎いんだ。道案内とセニヨンの町に関していろいろ教えてくれない？」

「そ、そんなことでいいんですか？」

「知らない人間からしたら、大事な情報だよ。情報っていうのは価値が高い。だからいいだろう？　一緒に付いて行っても」

「マーリン様……」

まだソフィアは何か言いたげな様子だったが、ニコニコ笑う俺の顔を見て全ての言葉を呑《の》み込んでくれた。

サッと右手を出す。

「決まったかい？　これからも仲良くしてね、ソフィア」

「……はい。ありがとうございます、マーリン様！」

彼女は今日一番の笑顔を見せてくれた。

二章　封印（自分を）

俺が異世界に転生してすぐ、ゴブリンなるモンスターに襲われていたエルフの少女ソフィアを助けた。

右も左も分からない俺にとって、現地の人間と接する機会は貴重だ。正直、セニヨンの町に到着する前に知り合えたのは大きいと思う。

その証拠に、俺は彼女の仕事を手伝う代わりにいろいろな話を聞いた。

例えばセニヨンの町にはどんな人がいるのか。

例えばセニヨンの町の特産品は何か。

例えばセニヨンの町の治安はどうなっているのか。

おそらく神様に訊《き》いても答えてくれるか分からない細々《こまごま》とした質問に、ソフィアは一切嫌がる素振りを見せずに答えてくれた。

おかげで知識と警戒心は充分だ。

気付けばソフィアの薬草採取は体感二時間ほどが経過し、薬の元となる薬草を集めきり俺たちは帰路に就く。

ちなみに彼女が採った薬草は俺の異空間収納魔法に入れてある。

元々は薬草採取用に籐《とう》かごを持っていたらしいが、それもゴブリンに追われている最中に落としたとか。

それならこうして運んだほうがいい。

最初、ソフィアは驚いていたな。異空間収納魔法が使える人は珍しいって。

そういう俺が知らない魔法の知識も役に立つ。帰り道でも遠慮気味に質問を投げ続けてしまった。

「――あ！　見てくださいマーリン様。あれがセニヨンの町ですよ」

俺がソフィアに質問をし、ソフィアが笑顔でそれに答える。

何度も何度も繰り返されたそのやり取りの最中、ふいにソフィアの視線が前に向く。

びしりと指を差した方角には、すっかり茜色に染まった夕空と、五メートル以上はある石造りの壁が見えた。

「お～。町を囲む外壁ってやつか」

「はい。どの町も基本的にああいう外壁に覆われていますね。……ひょっとしてマーリン様は、遠い異国の地から来たんですか？」

「え？　あー……そんなとこだね。凄《すご》く遠いからもう忘れちゃったけど」

「はぇえ……そんな遠い所から、一つも街を経由せずにセニヨンの町に？」

「村とかには立ち寄ったよ」

「なるほど。でしたら楽しみでしょうね」

「もちろんさ」

さすがに俺が異世界の出身だとは明かせない。

この世界で転生者がどんな扱いなのかも分からないし、命に関する奇跡は持ち上げられるか気味悪がられるかの二択だ。

話さなくてもいいことは黙っておく。人間関係を円滑に進めるためには大事だよね。

やや後ろめたい気持ちを引きずりながらも、ソフィアと街道をまっすぐに進んでいく。

しばらくして、セニヨンの町の正門が見えてきた。

正門の前には数人の列と馬車が。あれは町を出入りする住民や商人かな?

特にソフィアから説明はなかった。怪しい人物でないことは確かだ。俺たちもまたその列に並ぶ。

「ッ!?」

「……?」

列に並んだ途端、なぜか前にいたカップルらしき男女が目を見開いて俺を見た。

他にもカップルのさらに前に並んでいる男性や、さらにさらに前にいる女性たちから奇異の目を向けられる。

な、なんだ? 俺何かしたのか?

ちらりと隣に並ぶソフィアを見るが、俺と目が合った彼女は頭上に「?」を浮かべて首を傾《かし》げた。

可愛いなちくしょう。——じゃなくて、じろじろ見られている理由を教えてほしい。

差別されているらしいソフィアはフードを被っていて長い耳は見えていない。俺は彼らの知り合いですらないし、いったい何がそんなに気になる……あ。

そこまで考えてようやく俺は、自分の外見のことを思い出した。

ソフィアは俺と初めて顔を合わせた時、俺の顔を見て神様と間違えた。もしもそれが普通のことで、誰でも絵本に登場する神様とやらを知っているとしたら？

当然見られる。ソフィア曰《いわ》く、派手な銀髪に金色の瞳だから知らなくても見ちゃうよね。

俺は咄嗟《とっさ》にソフィアに倣《なら》ってフードを被った。

セーフ。よかったぁ、この謎のローブにフードが付いてて。

ホッと胸を撫《な》で下ろす俺に、遅れてソフィアが気付く。

「あっ。もしかして注目されてましたか？」

「たぶんね。自意識過剰とかでなければ」

「すみません、マーリン様の外見が神様によく似ていると言ったのは私なのに」

「ううん。俺もまさかこんなジロジロ見られるとは思っていなかったよ」

意外と宗教とか盛んなのかな？

「前に立ち寄った村では注目されなかったんですか？」

「う、うーん……注目されなかったかなぁ」

ここにきて、適当についた嘘《うそ》が自らの首を絞める。

ソフィアは純粋なので俺の言葉を疑ったりはしないが。

そうこうしている間に俺たちの順番が回ってきた。目の前に槍《やり》を持った鎧《よろい》姿の兵士が二人並んでいる。

「セニヨンの町へようこそ。中へ入るには身分証明書の提示か税金の支払いをお願いします」

「身分証明……」

「はい、どうぞ」

一瞬困惑した俺の隣で、ソフィアが懐から一枚のカードを取り出した。そのカードを受け取った兵士は、鋭い目つきでソフィアをフード越しに睨《にら》む。

きっと彼らは、ソフィアがエルフ——亜人ということを知っている。何も不思議なことじゃない。ソフィアは前からセニヨンの町で暮らしているらしいし、それなら何度も町を出入りしているはずだ。たとえフードを被っていようと兵士たちに顔を覚えられる。特に毛嫌いしているエルフ族なら尚更。

居心地が悪いだろうソフィアに、俺は声をかける。

「ねぇソフィア」

「はい？」

彼女は兵士の一人に睨まれ縮こまっていたが、俺に話しかけられた途端反応を返してくれた。

「今のカードは何？」

「カード……ああ、冒険者カードのことですか」

「冒険者カード？」

「ご存じなかったんですね。冒険者カードというのは——」

「話はあとにしろ。おい、今度はお前の番だ」

ソフィアの説明も途中に、鋭い目つきの兵士が声を荒らげる。

この感じ……俺もソフィアと同じエルフ族だと思われたのかな？　相手によって態度を変えるなんて捻《ひね》くれた奴だ。声色から女性と分かるが性格が悪い。

俺は内心でムッとしながらも、硬貨の入った袋を取り出す。

「あいにくと身分を証明する物はありません。税金を支払います」

「ふんっ。銀貨二枚だ」

「いっ⁉」

さも当然のような兵士の要求に俺はビビる。

銀貨二枚って銅貨二十枚分だよな？　銅貨一枚がどれくらいの価値かは先ほどソフィアに教えてもらった。例えば平民なら、金貨数枚もあれば一ヶ月分の生活には困らない。銀貨二枚でも数日か一週間はもつらしい。それでいうとかなり高いな税金……。前世だと二千円くらい。

一瞬安いと思いかけたが、そもそも地球とこの世界では物価も給料の相場も違う。しかもこの税金は町への出入りの際にかかるもの。ソフィアは冒険者カードとやらを提示してお金は払っていないが、身分を証明する物がなければ毎回出入りに二千円必要になる。

あまりにも痛い出費だ。

この世界だと外に行く、という概念が希薄なのかもしれないな。

ひとまず兵士に銀貨二枚を手渡す。直後、またしても俺は驚かされた。

「ではそのフードを取れ。汚らわしい亜人かもしれないが、犯罪者かどうかの確認をせねばならない」

「……え」

たまらず一歩後ろに下がる。

せっかくフードを被って目立たないようにしたのに、結局兵士には素顔を晒《さら》さなきゃいけないのか。

がっくし、と肩をすくめて渋々フードを取った。

夕陽の下に晒される俺の顔。それを見た瞬間、兵士二人の間に動揺が走る。

「なっ⁉　神聖な銀髪に金色の瞳だと⁉」

「先に言っておきますが俺は神様じゃないですよ。似ているだけです」

こう言っておけば無駄な詮索などしてこない……よな？

不安になったが、素顔を見せたのですぐにフードを被り直す。

俺の顔が布で隠れると、兵士たちは残念そうに「あっ」というか細い声を洩《も》らした。

「もういいですよね？　早く町に入りたいので入れてください」

「いや、しかし……なぜあなたのような高貴な方が亜人なんかと……」

亜人なんか？

「俺が誰と一緒にいようがあなたには関係ありませんよね？　他人にとやかく言われたくないです」

それじゃ、と言いたいことを吐き捨ててソフィアと共に門の奥へ向かった。

背後で俺を呼び止めようとする女性兵士の声が聞こえたが、俺は一度も足を止めることなく正門をくぐり抜けた。

「ここがセニヨンの町か」

兵士たちの声が聞こえなくなるほど門から離れ、今度は逆に町中の喧騒《けんそう》に包まれる。

正面に見えるのは、十字に広がる三つの通り。後ろは来た道を戻り正門へ続いている。左の道にはあまり人がいなかった。代わりに、特に正面——町の中心へ伸びる前方の道には、壁かと思えるほどびっしり建物が左右に並んでいた。前世で言う「商店街」を彷彿とさせる光景だ。

向かって右側の道は、正面の道に比べて人が少ない。それも、買い物あとの主婦っぽい人が大半だ。しかも前方の目抜き通り？　から離れていってる。東側に多くの住宅が密集しているのだろう。そんな気がする。

しかし、一番感動したのは人の数。先ほどまで外にいたから余計に驚いた。

「ねね、ソフィア。時間ある時でいいから町を案内してくれない？」

「私が……ですか？」

「うん。俺はソフィアがいいんだよ。さっきの兵士の言葉なんて忘れてさ」

同じくらいの知能を持ち、似た外見をしている彼女たちを差別する連中より、よっぽど俺はソフィアのほうが好きだね。むしろヒューマンに対する嫌悪感すら抱きそうなレベルだ。

ソフィアは顔をわずかに赤らめ、俯《うつむ》く。

「でもでも、私なんかがマーリン様のそばにいると酷《ひど》い誤解を……」

「関係ない」

なおも落ち込むソフィアにぴしゃりと言い放った。

「俺はエルフ族にも亜人にも頼んでない。ソフィアに頼んでいるんだ。種族がどうとか関係ないよ」

「マーリン様……」

「だから案内してくれると嬉《うれ》しいな」

こり固まった意識を変えるのは難しいだろうが、たった一人の友人を守り支えることくらいはできる。

俺の想いを受け取ったソフィアが、徐々に明るさを取り戻していく。

最後にはニカッと笑みを浮かべて頷《うなず》いてくれる。

「は、はい！　頑張ります！」

「まあ今日のところは宿探しから始めなきゃいけないけどね」

すでに時刻は夕方。夜一歩手前だ。

今から観光を始めてもろくに楽しめない。すぐに夜がやってくる。外見年齢が中学か高校生くらいのソフィアを夜中に連れ回すのも嫌だし、俺はひとまず一泊以上できる宿を探すべきだと考えた。

「宿なら安い場所を知ってますよ」

「本当かい？　ソフィアは頼りになるなぁ」

いい子いい子。彼女の蜂蜜色の髪を優しく撫《な》でる。

ソフィアは嬉しそうに目を細めてから言った。

「そんな……頼りになるだなんて……えへへ」

「ちなみに冒険者ギルドがどこにあるのか知ってるよね？」

「？　はい。冒険者ですから」

「なら話は早いや。実は俺も冒険者になろうかと思ってね」

「ええ!? ま、マーリン様が？」

「うん」

驚くソフィアにこくりと頷いてみせた。

「町に入る度に税金を支払っていたらお金がもったいないからね」

「そうですけど……いえ、マーリン様が冒険者を目指すのは当然ですね」

「当然？」

「マーリン様はもの凄く強いですから！」

「あはは……強い、か」

蹴り一発で数十メートルを更地にするような強さは、俺の求めているものとは違ったが、まあ冒険者は強さこそが第一みたいなもんか。

手加減する方法さえ覚えれば、俺の高すぎるステータスも何かしらの役に立つはずだ。

「そういうことならお任せください。私が冒険者ギルドまで案内しますよ」

「次の機会でいいよ。ソフィアはいつ暇だったりするかな？」

「えっと……普段は冒険者として活動しているので、日中はあまり町にはいませんね」

「ふむふむ。それなら、俺の冒険者登録を手伝ってくれたらこっちも仕事を手伝うよ」

「いえいえ！　今日の薬草採取だけでも充分な報酬になりますよ！」

「あ、そういえば薬草を採取してたね」

すっかり忘れていた。

その薬草を冒険者ギルドに納品するって言うなら、タイミングもいいしついて行こうかな？

「これから薬草を冒険者ギルドに納品するの？」

「はい」

「じゃあ二度手間になるのもあれだし、俺もソフィアについて行くよ」

「分かりました。ではそのあと宿へ案内しますね」

「苦労をかけます」

ぺこりと俺はわざとらしくソフィアに頭を下げた。

彼女はくすりと笑って「嬉しいですよ～」と言ってくれる。ソフィアの笑みを見ていると心が癒やされるね。

▼△▼

ソフィアに連れられ、セニヨンの町の西区にある冒険者ギルドにやって来た。

冒険者ギルドは大きな建物だった。途中で見かけたどの建築物より大きい。見たとこ三階建てだ。

「あそこがこの町の冒険者ギルドです。と言っても、どこの町のギルドもだいたい同じ作りらしいですけどね」

「へぇ、そうなんだ。立派だね」

「一階は受付や解体所。二階は酒場。三階は職員用のフロアになっています」

「酒場とかあるんだ」

「頑張って働いた冒険者の皆さんを労《ねぎら》う場としてよく利用されてますよ。どの時間も人がいますし」

「それはまた……」

いいのか冒険者、朝から酒とか飲んで。いや、それだけ自由な職業だと喜ぶべきかもしれないな。

変な想像をしつつソフィアと共に中へ。木製の二枚扉を開けて足を踏み入れると――。

「おぉ」

冒険者ギルドの一階は多くの人で賑《にぎ》わっていた。あっちにもこっちにも装備をまとった男女が楽しそうに歓談している。

鼻を突くこの臭いは二階の酒場からかな？　アルコール臭が凄い。

「どうですか、冒険者ギルドは」

「なんか圧倒されたよ。登録はどこですればいいのかな？」

「あちらにある受付で。初回は登録料がかかりません」

「助かる。ただでさえ税金に宿泊料とお金が取られるのに、仕事をするってだけでさらにお金を取られたら最悪だ」

冗談っぽく言って肩をすくめる。

ソフィアはくすくすと笑ってくれた。

二人で肩を並べながらソフィアが教えてくれた受付の列に並ぶ。列はそれほど長くない。すぐに俺たちの番が回ってくるだろう。

だが、やはりというかなんというか、ここでもソフィアに対する差別意識は変わらない。ひそひそと周りから声が聞こえてきた。

「おい、あれソフィアじゃないか？」

「まだ冒険者してやがったのか、あの亜人」

「聞いたところによると、ソニアが病気で倒れたらしいぜ。エルフが汚れた病原菌を持ってきたってな」

「マジかよ！　最悪だな」

ギリギリ俺の耳に入るくらいの声だ。ちらりと隣に並ぶソフィアを見たが、彼女の表情はまだ穏やかだった。どうやら聞こえていないらしい。

そのことにホッと胸を撫で下ろしていると、予想以上に早く俺たちの順番が回ってきた。前に歩みを進め、営業スマイルを浮かべる女性職員の下へ。

彼女は夕方まで頑張って仕事をしただろうに、疲れを感じさせないハキハキとした声で言った。

「冒険者ギルドへようこそ。本日はどのようなご用件でしょうか」

さすがプロ。俺もソフィアもフードを被っているのに動揺一つない。

「こんにちは。薬草の買い取りと冒険者登録をお願いします」

「薬草の買い取りと冒険者登録ですね。ではまずこちらの紙に個人情報を記入してください」

そう言って受付嬢から一枚の紙とペンを受け取った。

内容を確認すると、履歴書に割と近いものだ。名前や性別、年齢やスキルなどを書かせて管理しておくのかな。特に不審な部分は見当たらない。

「……ん？」

途中で違和感に気付く。

なんで俺はさも当然のように異世界の文字を書いているんだ？　読めることにも驚きだが、当たり前すぎて最初は疑問すら感じていなかった。

理由は、紙に書かれた文字にある。

日本語なのだ。俺から見て、受付の女性に手渡された紙に書いてある文字は、全て馴染みのあるひらがなや漢字。読めないほうが難しい。難しいが……なぜに日本語？

【回答。個体名マーリンが異世界で快適に過ごせるように配慮しました。この世界のあらゆる言語は、個体名マーリンの五感を通して日本語に変換されます。それは視覚も聴覚も変わりません】

へぇ……でも、それだと相手や国によって言語を変えなきゃいけなくない？　聞くのはまだいいとして、書くのはどうなんだ？　いちいち調整してくれるとか？

【回答。その通りです。都度、こちらが調整いたします】

マジかよ！　神様って意外とまめなんだなぁ。便利な自動翻訳機能が付いてるってわけだ。読み書きには困らない。

手を動かしながらも俺は内心で感動していた。転生最高。

その間に女性職員はソフィアへ声をかける。

「薬草の買い取りはソフィアちゃんかな？」

「あ、はい。マーリン様、薬草を取り出してもらえますか？」

「そうだったね。ええっと……」

「薬草を取り出す？」

俺たちの会話に受付嬢が首を傾げた。

意味はすぐに判明する。

ペンをテーブルの上に置いた俺が、異空間収納魔法を使って薬草を取り出す。ソフィアが長い時間をかけて採取した薬草全てがテーブルの上に並ぶ。

結構な量だ。

「い、異空間収納の魔法⁉」

珍しい魔法だとソフィアが言っていたように、突然現れた大量の薬草を見て受付嬢が驚愕《きょうがく》する。

というか、今さらながら彼女には偏見や差別意識はないんだな。ソフィアとも普通に会話していた。

おそらく俺と知り合う前からの仲だ。

俺以外にも亜人に優しい人がいて心底嬉しかった。

まあ、それはそれ。査定はしっかりやってもらう。

「査定をお願いします」

ニッコリと笑みを作ってそう言うと、俺の顔が見えたわけでもないだろうが、受付嬢はこくこく頷いて席を立った。

「しょ……少々お待ちください！」

薬草は奥の部屋に運ばれていった。

少々ってどれくらいかな？　俺が必要書類を書き終わるより早いといいんだが……。

期待薄かな、と思いながらも再びペンを走らせる。

案の定、俺が冒険者登録に必要な書類を書き終えるほうが早かった。


「大変長らくお待たせしました。薬草の査定は終わりです」

時間にして三十分ちょっと。

あれだけの薬草を全てチェックしたなら早いほうだ。奥の部屋から先ほどの受付嬢が戻ってくる。

「異空間収納魔法のおかげで状態がよく、しめて――これだけの金額になりました。どうでしょうか、ソフィアちゃん」

ソフィアの前に数枚の金貨が差し出される。それを見た瞬間、彼女の肩がビクンと跳ねた。顔がみるみるうちに青くなる。

「ひぃっ⁉　き、金貨？　薬草採取でこんなに？」

「はい。ソフィアちゃんは腕がいいですからね。それに量も結構ありましたし」

「よかったねソフィア。しばらくは美味《おい》しい物が食べられるかもしれないよ」

「いやいやいやいや！　これもマーリン様が魔法で運んでくれたおかげです！　護衛までしてくれたのに全部は受け取れません！」

なぜかソフィアは頑《かたく》なに首を横に振った。

しかし、俺は首を傾げる。

「うーん……そう言われてもねぇ。俺はまだ冒険者じゃないし、正当なお金を受け取ったソフィアから報酬は受け取れないよ」

「だ、ダメですよ！」

「いいのいいの。ほら、ソフィアにはいろいろ教えてもらったしね。あれがなかったら正直困ってたよ、俺」

「ちょっと町のことを教えただけじゃないですか」

なかなか引き下がろうとしないソフィア。やるじゃないか。でも俺だって報酬は受け取らない。困ってる小さな女の子からお金をもらえるかっての。

こちらもこちらで頑なにソフィアの提案を拒否した。

そして言い争いが五分にも及んだ時。先にソフィアのほうが折れた。

「う、うぅ……マーリン様って意外と頑固ですね……」

「ソフィアにだけは言われたくないね。優しいんだから」

「ッ！　や、優しくありません……」

褒められて恥ずかしかったのか、彼女はぷいっと顔を背けてしまった。

その様子を微笑《ほほえ》ましそうに見ていた受付の女性が、

「よかったですねソフィアちゃん。ソニアちゃんにたまには美味しい物でも振る舞ってあげてください」

「ナタリーさん……ありがとうございます」

気恥しそうな顔のままソフィアは数枚の金貨を受け取った。大事に大事に懐へ入れる。

「あ、俺のほうもよろしくお願いしますね。書き終わりました」

危ない危ない。感動シーンを見てたら冒険者登録をしに来たことを忘れるところだった。

受付の女性職員――さっきソフィアがナタリーさんと言ってた女性に紙を手渡す。

ナタリーさんはざっと内容を読み終えるとニコリと笑った。

「はい、記入漏れはありません。これで冒険者登録に必要な手続きは終わります。あとはこちらでマーリンさんの冒険者カードを発行するだけなんですが……」

「？　何か？」

「一つだけ、確認をしてもよろしいでしょうか」

「確認？」

「犯罪者の方が冒険者として活動できないように、登録の前に素顔を見せてください」

「――――!?」

ナタリーさんの言葉に俺は絶句した。

ま、まさか、この冒険者ギルドの中で？　衆人環視の中でフードを取れと？

俺の脳裏に、正門での記憶が蘇《よみがえ》る。

ソフィア曰く俺の顔は、この世界で崇められている神様と非常に似ているらしい。そりゃあそうだ。その神様が自分をベースに体を作ってくれたわけだからね。

子供のソフィアですら神を知っていた。目の前の大人が知らないわけがない。

ドクドクと激しく心臓が鼓動を刻む。

一切動けない俺を見て、ナタリーさんが怪訝《けげん》な眼差しを向けていた。

ま、まずいっ！　このままでは俺が、子供を誑《たぶらか》す怪しい変態野郎か犯罪者だと思われてしまう！

かといってこんな人が多い所でフードを取ればどれだけ注目されるか。

俺に選べる選択肢はどちらも地獄。どちらも地獄ならば……冒険者登録できるほうがいいに決まっている。

俺は深いため息を吐き、覚悟を決めた。

ハラハラと俺の様子を見守っているソフィアの前で、ゆっくりとフードを取る。さらりと銀色の髪、金色の眼が現れた。

「そ……そのお顔は……」

俺の顔を見たナタリーさんが予想通りの反応を見せる。

口元に手を置き、両目をこれでもかと開いていた。

周りからも大きなざわめきが起こった。ほぼ全員の視線が俺の体に突き刺さる。

むずむずする体をなんとか抑えながら、かすかに声を震わせて俺は言った。

「あ、あの……もういいでしょうか？」

「は、はい！　大丈夫、です……」

半ば無理やり許可をもらった。急いでフードを被って素顔を隠す。

しかしどれだけ早く隠してももう遅い。冒険者ギルドに集まった多くの人間に俺の素顔がバレた。

こういう顔しているんだな、と。

本来ならフードを被ったところで無意味だが、フードをしていないとあまりの気恥ずかしさに爆発しそうになる。

今もめちゃくちゃ落ち着かない。

「では、すぐに……冒険者カードを発行してきますね……」

心ここにあらずといった様子でナタリーさんが再び奥の部屋に引っ込んだ。

隣に並ぶソフィアがくいくいっと俺の服を引っ張る。

「す、すみませんマーリン様。フードを取らなきゃいけないことを忘れてました」

彼女は泣きそうな顔で謝った。

俺は首を横に振る。

「ソフィアのせいじゃないよ。顔の確認は大事だし、事前に知ってても回避できないさ」

こればっかりはしょうがない。めっちゃ恥ずかしかったけど終われば笑い話になる。

酷くショックを受けている彼女の頭の上に手を置いた。優しく撫でる。

すると、背後から急に女性冒険者たちに絡まれた。

「ねぇあなた、どうしてフードで顔を隠しているの？　もの凄くカッコよかったわよ？」

「もったいないよ〜。もっと見せて？」

露出の多い服を着た二人組の女性だ。杖《つえ》や剣を持っているから冒険者に違いない。

俺は努めて冷静に返事する。

「見せつけるほどのものじゃありませんよ。それに、あまり目立ちたくないので」

これは本音だ。

前世でもそうだったのか、見ず知らずの人に急に話しかけられると緊張する。

「えー、本当にもったいない」

「うんうん。よかったらいろいろお話を聞かせてくれないかしら？　その子はなしで」

じろり、と女性たちの鋭い視線がソフィアに突き刺さる。

この人たちも亜人は嫌いなタイプか。なら余計に話すことはない。

俺はソフィアの体を引き寄せて軽く抱きしめると、やや低い声で彼女たちに告げた。

「あいにくと彼女は大切な友人です。蔑《ないがし》ろにはできません。歓談は他の方とお願いします」

「ッ！」

あっさりとフラれてしまい、女性たちはもう一度ソフィアを強く睨《にら》んだあと、舌打ちを残してどこかへ消えた。

その姿を見送って、パッとソフィアを離す。

「ごめんねソフィア。苦しくなかった？」

「い、いいい、いえ……あああ、ありがとう……ございま――シュ～～～～」

「ソフィア⁉」

俺から離れた彼女は、頭の天辺から湯気を出す勢いで顔を真っ赤にした。

ふらふらとおぼつかない足取りのまま後ろへ下がる。

「危ないよ」

パッと慌てて彼女の手を取る。

さらにソフィアの熱が上がった。

「だだ、だいじょう……大丈夫、です……」

「どう見ても大丈夫には見えないけど……ほら、とりあえず外に出よう。風に当たれば気持ちよくなるよ」

「はいぃ……」

ソフィアは抵抗する素振りを見せない。

俺に手を引かれた状態で受付から離れた。

冒険者カードが発行されるまでにソフィアの熱を冷ましておきたい。そう思って木製の床板を軋《きし》ませながら歩いていると、

「おいお前」

ふらりと俺たちの前に一つの影が立ちはだかる。

「誰ですか」

見上げるほどの大男。

トサカ風の髪型の男性冒険者だ。隆起した筋肉が装備の隙間からこれでもかと強烈な主張をしている。

外見だけは強そうだ。ちょっと世紀末っぽい顔してるけど。

俺が足を止めて返事をすると、トサカ男は目を細めて隣のソフィアを見下ろした。低い声が唸《うな》る。

「お前、そいつは薄汚いエルフの女だぞ？　分かって一緒に行動してるのか？」

「……ハァ。あなたもエルフに対して偏見があるみたいですね」

こいつもか、と俺は深いため息を吐いた。

人里に足を踏み入れてからというもの、どいつもこいつも亜人に対する差別が酷い。亜人イコール存在してはいけないと言わんばかりの言動だ。

もしかすると亜人を殺しても罪には問われない――くらい言ってきそう。だとしたら俺は断固としてそんな常識を認めはしないがな。

逆に男を強く睨みつける。

「偏見だとぉ？　亜人は魔族の生まれ変わりだ。言わば魔族と同じだ。魔族は敵。敵を嫌って何が悪い！」

グワアアア！　と盛大に声を張り上げて男は叫ぶ。

賑《にぎ》やかだった冒険者ギルドの空気がシーン、と静まり返る。

しかし、トサカ男の言葉に否定的な意見を挟む者はいない。誰もがこちらを見ながら口をつぐむ。

まるで全員がトサカ男の言葉に同意しているかのように。

呆《あき》れた価値観だな。

まあ、人間は魔族とやらを相当毛嫌いしているようだし無理もない話か。それを俺の友人に押しつけるのは気に食わないが。

「だとしても俺と彼女には関係ありません。嫌いなら絡んでこないでくださいね」

スッパリとそれだけ言って俺は再び歩き出す。

トサカ男の隣を通り抜けようとして、

「待ちやがれ！　まだ話は終わってねぇぞ！」

トサカ男が拳を振り上げた。

俺は咄嗟に「まずい！」と内心で焦る。

こんな人が多い所で喧嘩《けんか》なんかしてみろ。俺のあり余るパワーで全てが無茶苦茶になる。

ソフィアを助ける時にやらかしたゴブリン事件が脳裏を過《よぎ》り、無意識にピタリと体を押さえつけた。その間もトサカ男の拳が俺の顔に向かって飛んできている。

首を斜めに傾けて攻撃を躱《かわ》した。トサカ男の拳が虚しく空を切る。

「くっ！　避けるんじゃねぇ！」

「暴力はやめてください」

「うるせぇ！　お前が人の親切を無下にするからだろうが」

あれのどこが親切だ。勝手に自分の価値観を押しつけてきて、それに従わなかったら暴力を振るう。典型的な馬鹿。頭の足りていない不良もどきだな。フィクションに登場する不良のほうがまだ賢いぞ。

内心で毒づきながら体を後ろへ下げる。このままではソフィアにも迷惑をかけるかもしれない。

どうしたものかと困っていると、大きな声が受付のほうから響いた。

「ちょっとあなたたち！　何をしているんですか!!」

ビリビリと空気を震わせる女性の大きな声。その声を聞いてトサカ男の追撃が止まった。

叫び声を発したのは先ほど俺の受付を担当してくれた女性職員ナタリーさんだ。彼女は腕を組んだ体勢で俺たちを睨む。

「あぁ？　冒険者ギルドの受付嬢ごときが俺様に何か意見でもあるのか？」

「冒険者ギルドの受付嬢ごときでも知ってるルールをあなたはご存じないんですか？　俺様さん」

「てめぇ……！」

トサカ男の額に青筋が浮かぶ。なんとも痛烈な言葉だ。

「冒険者ギルドでは暴力行為を禁止しています。そもそも冒険者同士の争いも禁止しています。最初に教えられますよねぇ？」

「ふざけんじゃねぇ！　こいつはまだ登録してる段階だろうが！　冒険者じゃない！」

「あら残念。それならもう発行は終了しています。晴れてその方も冒険者ですよ？」

ニッコリと笑って、ナタリーさんは一枚のカードをトサカ男に見せる。あれは俺の冒険者カードか。

「く、クソ女が！」

「だいたい、私の話を聞いてました？　冒険者が一般人に手を出すのはより重い罪を課されますよ？　冒険者じゃないからこそまずいというのに……」

やれやれ、とナタリーさんは首を左右に振った。男の行いに心底呆れ果てている。

「許さねぇ……許さねぇからな、てめぇら！」

てめぇら？

なぜか何もしていないはずの俺まで恨まれている件。

男は口汚く俺やソフィア、ナタリーさんを罵《ののし》ると、ズカズカ乱暴に足音を立てながら冒険者ギルドを出ていった。

途端に冒険者ギルド内を沈黙が覆う。

気まずい空気だ。それをナタリーさんが平然と切り裂く。

「マーリンさん、大変お待たせしました。こちらマーリンさんの冒険者カードです」

先ほどの件など無かったように話す彼女に、俺はあんぐりと口を開いて驚いた。

踵《きびす》を返し、冒険者カードを受け取るために受付に向かう。

手渡された一枚の小さなカードを見ながら言った。

「……よかったんですか？　あの変な人に恨まれてしまいましたよ」

「構いません。いくら馬鹿でも、冒険者ギルドの受付嬢に手を出せばどうなるか知らないわけではないでしょうし」

「は、はぁ」

冒険者ギルドの受付嬢って何者なんだ？

ふとした疑問が脳裏を過るが、それを訊《たず》ねることは憚《はばか》られた。ナタリーさんの笑みを見て俺は口を閉ざす。

ひとまず今は、冒険者になれたことを喜ぼう。

「冒険者カード、ありがとうございました」

「いえ、これからのマーリンさんのご活躍に期待しています。ソフィアちゃんも頑張ってね」

「ありがとうございます！」

しきりにぺこぺこ頭を下げたソフィアと共に、ナタリーさんに手を振ってから冒険者ギルドを出る。

外はすっかり紺色の夜空が広がっていた。

「もう夜か」

割と時間を食ったな。

「早く宿を探しましょう。宿が閉まる前に」

「悪いねソフィア。こんな時間まで付き合わせて」

「いいえ！　私はマーリン様に恩があります。それにこれも立派なお仕事の一つですから！」

えっへん、とそう言ってソフィアは胸を張った。

「仕事？」

「町の話を聞かせてほしいとマーリン様が仰《おっしゃ》ったでしょう？　宿へ案内するのもその一環です」

「そう……なるのかなぁ？」

「なりますよ」

えへへ、とソフィアは笑った。

いまだに繋《つな》がった手を強く握り締め、彼女はタッタッタッと歩き出す。軽やかなソフィアの足取りに釣られて俺の体も引っ張られた。

「さあ行きましょう、マーリン様っ」

「う、うん。でも、あんまり急ぐと転ぶよ」

「そこまでドジじゃないです――きゃっ⁉」

「言わんこっちゃない……」

前のめりに歩き出した彼女は、地面の凹凸につま先を当てて転びかけた。

咄嗟《とっさ》に俺が手を引いてなかったら危なかったね。

バツが悪そうに、どこか気恥ずかしそうにソフィアは顔を赤く染めた。その顔ですら、可愛いと思わせるのだからズルい。


夜空の下、ワイワイと賑《にぎ》やかな街路を歩きながら俺たちは宿を探した。

ソフィアがオススメする格安の宿に到着するまでの間、お互いに話題は尽きることがない。

▼△▼

「ふぃ～……」

ドサッと全身をベッドの上に預ける。わずかに軋《きし》むベッドの音すら心地いい。

「ソフィアも無事に自宅の前に届けてきたし、これでようやく最低限やるべきことは終わったかな？」

天井の木目を見つめながら、先ほど手を振って別れたソフィアの姿を思い浮かべる。

今日一日だけでもいろいろあったな。

急に異世界転生して、ゴブリンとかいう醜悪な化け物に追いかけ回されている少女を助けて、そのゴブリンを倒して、二人で薬草採取をして、セニヨンの町に来て、ソフィアに対する酷い差別を知り、冒険者ギルドに行き、冒険者登録をして、意味不明な男に絡まれ……こうして、宿に泊まることができた。

ゴブリンからソフィアを救ったのは俺だ。しかし、その後俺を救ってくれたのはソフィアだな。何も知らない俺をしっかり導いてくれた。

どっかの神様と違って。

【訂正を求めます。私はあなたをサポートしていました】

スッと目の前に青い半透明のウインドウ画面が表示された。画面には白い文字で神様からの文句が記されている。

「案内人だから面倒を全て見るわけじゃない、とかなんとか言ってなかったか？」

【はい。ですがあなたの言動はまるで私がなんの役にも立っていないかのようでした。まことに遺憾です】

「おぉ……神様でも怒ることとかあるのか」

【神でも生き物ですからね】

さらっと凄い発言が飛んできた。けどまあ、今のは俺が悪かったか。素直に謝ることにする。

「すみません。でも、それなら神様に一つ訊ねたいことがあります」

【なんでしょうか。私に答えられる範囲であればお答えします】

「俺の力があまりにも強すぎるんで、もう少し調整してもらえません？」

ぶっちゃけ強すぎるという表現すら生ぬるい。蹴り一発で地形を変えてしまう人間がどこにいるっていうんだ。

【……それはできません】

「え？」

【一度あなたに与えた恩恵を剝《は》がしたりいじろうとすると、最悪あなた自身が死にます】

「死にます⁉」

嘘《うそ》だろ。ステータスってそんなに大事な要素だったのか。

【神から与えられた恩恵というのは、本人の魂と密接に繫がっているんです】

「だから魂からその恩恵を引っぺがすと、魂自体にも影響が及ぶと」

【はい。ですから能力を調整するのではなく、魔法で封印する形が最も安全かつ理想的かと】

「魔法で……封印する？」

俺は神の提案に首を傾けた。

どういう意味だ？

【魔法の中には《封印魔法》と呼ばれるものがあります。本来は他者の力を抑えたりするための魔法ですが、それを使って自分自身に封印をかけてください】

「そうすると俺のステータスが下がったりするのか？」

【その通りです】

「へぇ。確かに安全で便利そうだな。ちなみにその魔法は解除も自由にできる？」

【できますよ。魔法をかけた本人なら】

「決定だな」

自分自身を魔法で封印するというのがよく分からないが、このトンデモ能力を下げられるなら問題ない。

俺は早速、脳裏に封印のイメージを浮かべた。

魔法とはイメージが大切な力。イメージさえしっかりできていれば、自分を封印するという魔法も使えるだろう。

俺が連想したのは、鎖のようなもので自分を縛る一般的な封印。札でも付けて力を封じるイメージを構築した。

すると、高い魔力数値が俺に足りないものを補助し、

「ッ⁉」

俺の体に魔力でできたと思われる紫色の鎖が巻きついた。この鎖はおそらく俺の魔力で作られた物だ。鎖による締めつけはない。ごく自然に体にまとわりつき、――すぅ、と鎖は体の中に入っていく。

「えっと……これで封印魔法とやらは成功したのかな？」

【成功しました。ステータスを確認してください】

目の前に大きな半透明のウインドウが表示される。ウインドウには俺のステータス情報が書いてあった。

名前：マーリン
性別：男性
年齢：29歳
種族：ヒューマン
レベル：10000

ステータス
筋力：5000
体力：5000
速力：5000
魔力：5000

「能力値が半分になってる！」

本当に成功していた。

レベルが変わらないのは、レベルだけ封印の対象外だったからかな？

「けど、これでもまだ高いな。この世界の平均はどれくらいのステータスなんだ？」

【個体名マーリンのように全てのステータスが高い人間はいません。本来生き物には、その生き物に向いたパラメータが与えられます】

「要するに、速力がやけに高いとか、魔力がやけに高い奴がいるってこと？」

【はい。個体名マーリンは特別に全てのステータスが最高値になっていますが】

「やりすぎだよ、それ……」

【ちなみにこの世界の平均ですが、３００もあればそこそこ強いほうかと】

「デンジャラス！」

何言ってんだ馬鹿野郎。３００でも高いのにいまだ俺のステータスは５０００なんだが⁉

【さらにステータスを下げたい場合は、封印魔法を重ねて使用してください】

「ん？　封印魔法って同じ相手に何度も使えるのか」

【四回が限度です。それで充分にステータスは下がるかと】

「了解。さすが神様だね、頼りになる」

【馬鹿野郎と言われましたけどね】

「ごめんなさい」

そうだ、心の声を聞かれるんだった。

俺は素直に謝り、再び封印魔法を自分の体に発動する。

相変わらず不気味な紫色の鎖が俺の体に巻きつき、すぅっと体内に入っていく。

繰り返すことさらに三回。５０００が２０００になり、さらに１０００になり……と変動し、四回目ではすっかり俺のステータスは理想の数値になっていた。

名前：マーリン
性別：男性
年齢：29歳
種族：ヒューマン
レベル：１００００

ステータス
筋力：５００
体力：５００
速力：５００
魔力：５００

「よし！　四回も自分を封印するなんてどうなのかと思ったけど、おかげでかなり下がったな」

これなら高いほうではあるが、馬鹿みたいに周囲を破壊せずに済むだろう。日常生活にも支障がないと信じる。

一番の爆弾が処理できてホッと胸を撫で下ろした。

起こした体を布団の上に落とし、大きく息を吐く。

「実際に自分がどれだけ動けるのか、明日にでも確認しないと」

俺は冒険者だ。冒険者なら依頼を請けて仕事をする必要がある。神様が用意してくれた金も無限じゃないしな。

正直、魔物に対する恐ろしさは残っている。瞼《まぶた》を閉じると、ソフィアを助けた時の記憶が蘇り、比較的あっさり倒したゴブリンの顔が――べったり記憶に焼きついていた。

思い出す度に肩が震える。もう一度あいつに勝てる保証はない。

ステータスという意味では間違いなく倒せる。だが、大事なのは心だ。

俺の心は魔物など知らない日本人のもの。いきなり殺伐とした世界に放り捨てられたら、怖いと感じるのは当然だ。

それでも。

それでも俺は、恐怖以外の感情も抱いていた。

ワクワクするようなこの探究心は、この世界をどこまでも楽しめと言ってる。

どちらにせよ生きるためには金が必要だ。金を稼ぐには魔物を倒すのが一番俺に合っている。

そのための力。

「一歩ずつでもいいから、前に進んでいこう」

こんなチャンスは二度とない。家に閉じこもって惰性で生きるなんて俺にはできなかった。

グッと拳を握り締め、押し寄せてきた眠気に意識を預ける。

明日もソフィアに会えるかな……。

三章　ビースト族の少女

チュンチュン。

外から鳥の囀《さえず》りが聞こえてきた。

他にも人々の喧騒《けんそう》が耳に入り、俺の意識を暗闇から引っ張り上げる。

「ん……んんっ」

目を覚ますと、ぼやけた視界に茶色い木目が映る。

ここは……とわずかに動きを止めて思考を巡らせた。

すぐに昨日の記憶が蘇《よみがえ》る。

「そうか、俺は異世界に転生したんだった」

呟《つぶや》き、むくりと体を起こす。

カーテンなんて存在しない部屋を、外から陽光が差し込み明るく照らしていた。

掛け布団を剥がし、ベッドから降りて窓際に近付く。

木格子の隙間から外を見下ろすと、眼下の街路を多くの人が行き交っていた。

「部屋は二階だからギリギリプライバシーは保たれているのかな？」

そんなことを呟きつつ、俺はちらりと視線を背後に向ける。

扉のそばには壁にかけてある白いローブが。

所々に編まれた金糸が、高貴なオーラを放つ。そのローブを摑《つか》むと、今着ている法衣のような服の上から羽織った。これで昨日と同じ俺だ。

最後に欠伸《あくび》を嚙《か》み殺し、目元を擦《こす》りながら部屋の扉を開ける。

ギシギシと軋《きし》む廊下の床板を踏みつけながら、階段を下りて一階に向かった。


一階はすでにそこそこの賑《にぎ》わいを見せている。

俺の他にもこの宿に泊まっている人は多い。その人たちが食事をしながら騒いでいた。

俺は誰とも関わる気がない。

静かに食事を楽しむために無言で食堂に入ると、空いていた中央の席に腰を下ろす。

直後に、違和感を覚えた。

「……?」

なんだろう、周りの客からジロジロと見られている?

客だけじゃなかった。従業員の——それも女性からの視線が突き刺さる。

しばらく怪訝《けげん》な顔で周囲を見渡しながら、メニュー表を手に取ってどの料理を注文するか悩んでいると、ふいに俺は視線の理由に行き着く。

あ、と声が出るほど疑問の正体はシンプルだった。

——フードしてねぇ⁉

気付いたのは今。なんとなく手が伸びて自分の髪に触れた瞬間だ。

昨日と違ってフードの布地に当たらず、自分がフードを被っていないことに気付く。

どうりで食堂中、特に女性からの視線が集まるわけだ。自分で言うのも恥ずかしいが、神様をモデルに作られた俺の外見は特別異性の目を惹《ひ》くらしい。

ソフィアもそうだったし、セニヨンの町に入る時もやたら注目された。

他にも冒険者ギルドだ。露出の多い服を着た痴女みたいな女性に絡まれもした。総じて俺はこの世界ではモテるという認識で間違いない。

変に目立つのは嫌だから昨日はずっとフードを被っていたが、さすがに寝る時はローブを脱ぐ。

そしてローブを着たはいいが、フードを被る習慣がなかったため、こうして被り忘れて問題になった。

慌てて俺はフードを被る。

どこか残念そうな女性陣のため息が漏れた。

しかし、今さら遅い気もする。食堂に集まったほぼ全ての客に素顔を見られてしまった。

落ち着かない。そわそわする胸元を必死に抑えながら、俺は控えめな声で女性従業員に料理を注文する。

「すみません、この料理をお願いします」

「か、畏《かしこ》まりました！　すぐにご用意します！」

桃色髪の、やけにテンションの高い少女が俺の注文を聞き届けてくれた。

この世界では中学、高校生くらいの女の子が普通に働いている。そもそも学校というものがあるのかどうかすら怪しい。

健気に笑みを浮かべる女性従業員を見ていると、不思議と心が穏やかになった。

頑張る若者というのはいつだって励みになる。……というのは、少々おっさん臭いかな？

自虐的に笑い、料理が届くまでの間、無言を貫き今日の予定を粛々《しゅくしゅく》と考える。


食後。ぺろりと料理を平らげた俺は、ニコニコ笑顔の女性従業員に声をかける。

「ごちそうさまでした。ここの料理は美味《おい》しいですね」

「ありがとうございます！　お母さんもお客さんがそう言ってくれて嬉《うれ》しいと思います」

「へぇ、君のお母さんが作っているんだ」

「はい！　お母さんの料理はセニヨンの町でも一番ですよ～」

「確かにね」

くすくす、あははと俺たちは共に笑い合った。

俺のテーブルに料理を運んできてくれたこの桃色髪の女性従業員だが、何かと俺に話しかけてくる。食事中は静かにしてほしい、とまでは言わないが、食事中にお客さんへ声をかける従業員も珍しいな。

俺は結構楽しめたからよかった。気分的に周りの視線が痛くて気まずかったし。

何より相手は子供。いくらなんでも俺の容姿を見て一発で惚《ほ》れたりしないだろう。そういう意味でも安全だった。

「それじゃあ会計をお願いするね」

「えっと、銅貨が……」

桃色髪の少女が一生懸命料理の代金を計算する。

ややあって合計金額を出した彼女にお金を渡し、俺は素早く席を立った。

このあとは冒険者ギルドに行く。何か簡単な、俺でもできる依頼があるといいんだけど。

ローブを翻し、ゆっくり食堂から出て――いく前に、後ろから少女の大きな声が聞こえた。

「お客さん！　私、カメリアっていいます！　今日も一日頑張ってくださいね！」

足を止めてちらりと振り返る。桃色髪の少女が大きく手を振っていた。

小さく笑って俺もまた手を振り返す。

「うん、ありがとう。行ってきます」

本当は名前も教えたかったが、大勢の前で名乗る気分にはなれない。申し訳ない気持ちを抱きながらも、それだけ言って俺は宿を出た。

▼△▼

食事を終わらせ、しっかりフードを被った状態で外を歩く。

今日は天気がいい。空から照りつける日差しを避けるためにもフードはありだ。

周りから特にじろじろ見られることもなく、しばらく歩いて西区にある冒険者ギルドの前に到着する。

相変わらず朝から冒険者ギルドは賑わっていた。

建物の前には数人の冒険者がたむろし、中から陽気な声が零《こぼ》れる。

ちょくちょく俺の顔を知っているであろう者たちからの視線を受けながら、まっすぐ冒険者ギルドの中へ入った。

木製の二枚扉を開けると、昨日見た光景がそのまま視界に映し出される。

「さて……依頼はどこに張り出されているのかな？」

きょろきょろとまずは周囲を見渡す。

冒険者ギルドの一階は受付と解体所が半々で区切られている。そのうち受付側に大きな掲示板が設置されていた。

もしかしてあれかな？　結構な人数の冒険者が近くに集まっている。

俺も彼らに倣《なら》って掲示板の前に並んだ。

すると、予想通り掲示板には大量の紙が張り出されていた。よく見ると、紙には冒険者用の依頼内容が記されている。

六割が魔物の討伐依頼だ。主に王都近隣に生息している魔物の討伐をいろんな人が望んでいる。

そして三割が薬草や鉱石などの資源採取。ソフィアがやっていたやつだ。

最後の一割が護衛依頼。これだけは受注するのにランクなどの条件が書いてある。

「そういえば昨日は、トサカ男のせいでろくに説明が聞けなかったな」

収納魔法の中から、昨日発行してもらった冒険者カードを取り出す。

カードの表面には俺の名前と性別、年齢に加えてEランクの表記があった。おそらくこれが冒険者ランクと言われるもの。護衛依頼にはこの冒険者ランクが深く関わってくる。

言わば信頼度、経歴みたいなものだろう。人の命を守る仕事なんだから要求難易度が他の依頼より高くなるのは理解できる。

「一応、冒険者のルールみたいなものを聞いておいたほうがいいか」

でも俺、そういうの聞くの苦手なんだよね。

個人的にはさっさと外に出たい。今日は俺が手加減できるかどうかの検証も兼ねているわけだし。

そんな風に内心で悶々《もんもん》と考えていると、ふいにローブの裾がくいくいっと引っ張られた。

「ん?」

誰だろう。くるりとその場で振り返る。

俺の背後にぴょこん、と犬みたいな耳を立てた黒髪の女性が立っていた。

耳だ。動物みたいな耳が頭の天辺に付いている。

もしや?　と思って口が自然に開いた。

「犬……?」

「こ、こんにちは!」

俺の呟きに対して、少女はわずかに肩をびくりと揺らしてから、しかし元気な声で挨拶した。

途端に周りから悪態を浴びせられる。

「おい、ノイズがいるぜ」

「相変わらずうるせぇ奴だな」

「ビーストってマジ臭うよな。獣くせぇ」

ひそひそと笑いながら黒髪の少女を馬鹿にしていると思われる他の冒険者たち。ひそひそ声でも近いからこっちには聞こえている。

立派な耳を持つ彼女も同じだ。みるみるうちにテンションが下がっていく。連動して耳も垂れた。よく見ると尻尾もある。結構大きな尻尾だ。触りたい衝動に駆られるが、相手はれっきとした女性なのでグッと堪えた。

どうにか冷静に、爽やかな声で俺は彼女に挨拶を返す。

「こんにちは。俺に何か用かな?」

「あ、えっと……その……お願い、が……ありまして……」

「お願い?」

なんだろう、お願いって。

俺と彼女は今日が初対面のはずだ。少なくとも俺はこんなに目立つ女の子のことを覚えていない。

外見はソフィアより年上だ。前世基準で高校生か大学生くらいかな?

黒髪に黒い犬の耳、ふわふわでモコモコッとした同色の尻尾に、やや露出の激しい軽装。腰には茶色のポーチと短剣がぶら下がっていた。

装いを見るかぎり間違いなく彼女も冒険者だろう。バリバリ戦いそうな見た目をしている。

「ここでは何ですし、外でお話してもいいですか?」

「あー……そだね。うるさいし」

今も周りでは彼女に対する暴言、悪口が頻繁に飛び交っている。

エルフだけじゃない、ビースト？　っていう種族に対しても酷《ひど》い偏見があるな。やれ野蛮だの、やれ臭いだの、やれ馬鹿だのあまりにも不愉快すぎる。

俺は素直に彼女の提案に乗り、二人で冒険者ギルドの外に出た。

外に出ても人の目はある。だが、中で話すよりよっぽどマシだ。

少し冒険者ギルドから離れると、足を止めた彼女が決意を込めて言った。

「いきなりすみません。こんな所まで連れ出しちゃって」

「いいよ別に。わざわざ声をかけてくれたんだし、何か大事な話があるんでしょ？」

「は、はい……大変私事で恐縮なんですが……い、一緒に！　パーティーを組んでくれませんか？」

「……パーティー？」

何やら神妙な顔つきで言われたが、俺はそっけない返事をしてしまった。

というのも、俺には彼女が言ってる「パーティー」の意味が理解できていない。

最初に連想したのは、誕生日パーティーなどのパーティー。けど、初対面の相手を催しに誘う馬鹿はいないだろう。ナンパじゃん。普通に怖い。

事実、彼女はこくこくと頷《うなず》いてから答えた。

「冒険者同士がチームを組んで活動することです。マーリンさん、ですよね？　まだマーリンさんは駆け出しの冒険者ですから、知らなくても無理はありません」

「俺の名前をよく知ってるね」

そっちのほうが驚いた。

「昨日、冒険者ギルドにノイズもいました。それで声を掛けたんです」

「ノイズ？　それが君の名前かい？」

「はい。遅ればせながら自己紹介を。ノイズはノイズといいます。見ての通りのビースト族です」

うーん、残念ながら俺はそのビースト族というのを知らない。この世界では一般常識なんだろうが、俺は異世界人だからサッパリだ。

内心で神様に助けを求める。

直後、目の前にあの青いウインドウが表示された。

【《ビースト族》は亜人の一種。主に獣の特徴を持つ人間のことです】

へぇ、だから彼女は犬みたいな特徴があるのか。しっかり女の子らしさがあって可愛いな。

【ビースト族は種族特性として生まれながらに身体能力が高く、五感も鋭いです】

それって最強なんじゃ。争いの絶えない世界で覇権を取れそうだけど。

【否。ビースト族は基本的に知能が低く、魔法スキルを取得できない欠点を持っています】

あぁ……頭の悪さは致命的だね。俺の元いた世界でも、頭のいい人がいないと戦争などには勝てなかった気がする。

武力だけじゃ搦《から》め手にハマって悲惨な末路を辿《たど》るのだ。

おまけに魔法系スキルが使えないってことは、下手《へた》すると遠距離火力で近付かれる前に潰される可能性がある。

よくできた世界だね。

【ちなみにその魔法スキルを覚えやすいのがエルフ族です。ただしエルフ族は身体能力が低く繁殖力も乏しいため、一方的にビースト族を蹂躙《じゅうりん》するほどの力はありません】

ふむふむ。ここでソフィアの種族特性とやらも知れた。

どこかの種族が特別強いとかそういうわけじゃないっぽい。

まあ俺はどこかと戦争なんてする気はないし、知識として覚えておこう。

「マーリンさん？」

「うん？　どうしたの」

おっと。神様のメッセージに気を取られて話を聞いてなかった。

声をかけられてはたと意識を引き戻される。

「いえ、ボーッとしていたので」

「ごめんごめん。ちょっと考え事をね。それより、さっきの話の続きをいいかな？」

「はい。パーティーを組んでほしいというお願いです。ノイズは普段ソロで魔物などを狩っていますが、効率が悪くなかなか上手《うま》くいきません。武器も壊すし、このままでは生活すらままならなくて……」

「それで俺に声をかけてきたのか」

「マーリンさんは亜人に対して偏見を持っていないように見えたので」

昨日の様子を見てたって言ってたっけ。

それならそう思うのは当然だ。実際に俺は亜人に差別意識も偏見もない。どちらかというと、彼女たちを可愛いとすら思っている。

別にパーティーを組みたくない理由があるわけでもないし、目の前で困ってる人がいるなら極力手を貸してあげたい。見捨てられないのが善人ってものだ。

俺は少しだけ考える素振《そぶ》りを見せると、にこりと笑って頷いた。

「うん。俺でよければ力になるよ。ただ、こっちのやりたいことも手伝ってもらえると嬉しいかな」

「あ、ありがとうございます！　本当に、ありがとうございます！」

バッとノイズが頭を勢いよく下げた。綺麗《きれい》なお辞儀だ。

しかし、彼女の装備は軽装。それも胸元がやけに強調されているもの。元々ノイズの胸が大きいってこともあり、露出の激しい装備のせいで谷間がくっきり俺の角度から見えていた。

距離感も近いため、非常に気まずい気分になる。

咄嗟《とっさ》に俺は視線を横に逸《そ》らした。顔に熱が上がるのをグッと抑えながら答える。

「こ、こちらこそ……駆け出しの冒険者だからノイズがいてくれると安心できるよ……」

「マーリンさんは凄《すご》く謙虚な人ですね」

「そんなことないさ。本音だよ」

頭を上げた彼女。横目にそれを見ていた俺はようやく視線を前に戻す。

一度でも胸を意識しちゃうと、なんでもない体勢からも邪《よこしま》な気持ちを抱いてしまう。

しばらくノイズの顔を凝視してしまった。

「ちなみにマーリンさんのやりたいことってなんですか？」

「俺？　俺は魔物と最低一戦だけでも戦いたくてね」

「一戦だけ？」

「ちょっとした検証があるんだ。深くは気にしなくていいよ」

「分かりました。では早速、依頼を請けて外に行きましょう！　戦いたい相手がいたら教えてくださいね！」

「うん。よろしく」

ニッコリ笑うノイズと共に、再び冒険者ギルドの中へ戻った。

俺たちは周りの目を気にしながらも魔物の討伐依頼を請ける。

残念ながら最後までソフィアと顔を合わせることはなかったが、ノイズのおかげで特別寂しくはなかった。

▼△▼

冒険者ギルドで知り合ったビースト族の少女ノイズと共に、セニヨンの町の外へ出る。

サクサクと雑草を踏み締めながら森の中に入ると、途端にノイズが真剣な表情を作った。

ぴくぴくと彼女の大きな耳が何かに反応している。

ビースト族は五感が優れていると神様が教えてくれた。小さな物音すら拾おうとしているのかもしれない。

俺は静かにノイズの様子を見守った。

今回俺たちが請けた魔物の討伐依頼は、ゴブリンだ。ゴブリンは世界中どこにでもいる魔物で、駆け出し冒険者どころか一般人ですら討伐できるくらい弱いらしい。

そのゴブリンを相手に地形を粉砕するほどの力を使った俺はいったい……。

昨日の苦い記憶が脳裏にフラッシュバックした。

俺が微妙な気持ちを抱いている間も、ノイズはきょろきょろと周囲を見渡している。

やがて、彼女の足が止まった。

「ノイズ？」

「魔物を見つけました」

声をかけると、先ほどよりも低い声で彼女が即答する。

俺はゴクリと生唾を飲み込んだ。

近くに魔物がいる。どうしても体が震えた。

落ち着け、俺。俺は魔物よりよっぽど強い。神様がくれた力があればそうそう傷つくことはない。

【肯定します。魔物に比べれば個体名マーリンのほうがよっぽど化け物かと】

おいこら。その化け物にしたのはあんただろうが！

まるで他人事《ひとごと》のように俺を励ます神様にたまらず暴言が出る。

すると、直後にガサッと近くで音が聞こえた。

「ッ‼」

俺もノイズもその音に反応する。

ノイズは素早く腰に下げた鞘《さや》から短剣を引き抜いた。見据えた正面、数メートル先にある茂みがさらに動いて――、

「ギギ！」

一匹のゴブリンが姿を見せた。

「いましたね、ゴブリン。どうしますか、マーリンさん。一匹だけのようですし、マーリンさんが倒しますか？」

「いいの？」

昨日と同じ醜悪な顔を見つめながらノイズに返事をする。

彼女は視界の隅でこくりと頷いた。

「もちろんです。最低一戦だけでも戦う、それがマーリンさんの希望でしょう？」

「ありがとう、ノイズ」

実に理想的なシチュエーションだ。

相手は一体。近くには仲間のノイズがいる。これほど安全な状況で自分の力を試せる機会はそうそうないだろう。

グッと拳を握り締めてファイティングポーズを取る――瞬間、はたと俺は気づいた。

「……ね、ねぇ、ノイズ」

「？　はい」

「ノイズの武器……貸してくれないかな？」

「え？」

俺の言葉に、ノイズが呆《ほう》けた声を出す。

無理もない。仲間が勇んで前に出たと思ったら、戦う前に武器を貸してくれと言い出したのだ。

普通は武器を事前に用意しておくのが常識。俺も必要だろうとは思っていたが、元々武器を持たない世界から転生したこともあって、武器を購入するという概念そのものが頭から抜けていた。

くるりと振り返り、大変申し訳なさそうに続ける。

「ごめん。そういえば俺、今まで武器を使ったことがないんだ」

「よ、よくご無事でしたね……」

「きっと運がよかったんだよ」

本当はまだ生まれたてもいいところだ、なんてノイズには言えなかった。

苦笑する俺に、彼女は数歩近付いてきて短剣を手渡してくれる。

「どうぞ。安物の武器ですが、何もないよりマシかと」

「ありがとう。絶対に勝つから任せて」

「頑張ってくださいね」

子供を見送る母親のごとき母性を放つノイズから視線を外し、こちらを警戒したようになかなか踏み込んでこないゴブリンを見つめ直す。

相手の武器は棍棒《こんぼう》だ。どこから拾ってきているのか知らないが、攻撃範囲が同じくらいなら、あとは技量とステータスがものをいう。

俺はゴブリン相手にどれだけ戦えるのか、一抹の不安を感じながらも、今回はこちらから地面を蹴った。予想より動きが速い。

一瞬にしてゴブリンの目の前に移動する。

「ッ！」

オール５００のパラメータに振り回されながらも剣を振った。

空気を斬り裂いてノイズの短剣がゴブリンに迫る。

ゴブリンは俺の動きを追えていなかった。生き物の本能が視線のみ動かすが、肉体のほうはまったく反応できていない。

当然ながら俺の攻撃はゴブリンを捉える。短剣がゴブリンの体を――両断した。

「へっ？」

抵抗なくゴブリンの体が斜めに切断される。

鈍い音を立てて地面を転がり、真っ赤な池を作った。

俺の短剣はゴブリンだけを斬り裂いた。地面は斬れていないし、無駄に砕けてもいない。どうやら手加減は成功したようだが……なんとも味気ない戦闘だった。

おそらく俺の筋力パラメータが高すぎるがゆえに、ノイズ曰《いわ》く「安物の短剣」でも綺麗《きれい》に相手を斬り裂くことができたのだろう。

おまけにスピードも速く、ゴブリンが反応する前に先手を打てた。

俺の想像とは違う結果だ。違う結果だが……まあ、これはこれでよし。勝てばいいのだ。手加減さえできていればいい。

沈黙が支配する中、ちらりと背後のノイズへ視線を向ける。

彼女はわなわなと体を震わせながら驚愕《きょうがく》していた。

「ま、マーリンさん……今の動きは……」

「あはは……なんか倒せちゃった」

分かる分かる。俺も自分のステータスの高さを再認識したところだ。

初めてオール500のステータスで戦ったが、動体視力が自分自身の動きすら追えなかったら危なかったな。

精神に不調もない……こともない。

この異世界に転生してすぐ、圧倒的なパワーで倒した最初のゴブリンとの戦闘を思い出した。あの時は逆に力が強すぎて原形すら失っていたおかげで吐くことはなかったが、今は短剣で体を斬り裂いた。ちゃんと元の形がまるまる残っている。直視するとどうしても気分が悪くなった。

【提案。個体名マーリンに強靭《きょうじん》な精神性を付け加えることもできます】

いや、それはやめておこう。

【疑問。なぜでしょうか？】

神様から俺に質問を投げかけてくるなんて珍しいな。神様でも分からないことがあるのか。

答えは簡単だ。化け物じみた能力に加えて、化け物みたいな精神まで持ってしまったら、俺は自分がどんな風に成長していくのか恐ろしくなる。まあ、精神面が強くなれば恐怖の感情すら湧いてこないんだろうが、そうなったら終わりだと思う。文字通りの化け物だ。それを避けるためにも、今のままでいい。魔物を倒して気分を悪くする、そんな普通の人間くらいがちょうどいいのだ。

【納得。心の底から賛同することはできませんが、個体名マーリンの言うことにも一理あるとは思います】

あはは。神様らしい回答だ。それでいいんじゃないかな？　平凡な俺と機械的な神様の思考、二つもパターンがあれば考えに迷うことはない。これもまたバランスというやつだ。

けたけたと内心で笑っていると、時間が経過して少し気分が楽になった。神様セラピーか？　なんちゃって。

俺がくだらない冗談を心の中で呟いた瞬間、ノイズがこちらに近づいてきた。俺は彼女に借りた短剣を返す。

「これ、短剣ありがとうねノイズ」

「い、いえ。マーリンさんなら短剣がなくても簡単にゴブリンを倒せましたよね？」

「倒せるとは思うけど、素手であの顔を殴るのはちょっとねぇ」

剣は鋭利な武器だ。鋭いからこそ不快な感触が無かった。しかし拳となると確実に不快感は生まれる。

やっぱりノイズに短剣を借りて正解だったね。蹴るという選択肢もあったが、また地形を壊す可能性があるためできるだけ殴打はやめておきたい。

それで言うと剣はいい。力の方向性？　というか加わり方が素手とは違うから扱いやすい。俺ほどステータスが高ければ、よほどの強者が出てこないかぎりパワーだけで勝てるだろう。

今後の参考にする。

「とりあえずまずは一体です！　幸先がいいですね」

「うん。残りはノイズが戦いたいなら任せるよ。面倒なら俺がやるし」

「なるべくノイズが頑張ります！　お任せください。ビースト族は戦いを好む種族なのです！」

ふんす、とノイズはやる気満々に鼻を鳴らした。

一緒にパーティーを組んだ意味があまりない気もするが、人が多いほど安全性は増す。そういう意味で彼女は俺を誘ったのかもしれない。

念のため、ノイズが魔物と戦っている間は俺も魔法の訓練を行うとしよう。魔法なら武器が無い俺でも何かしらサポートすることができるかもしれない。

短剣を鞘《さや》に納めた彼女と共に、さらに森の奥を目指して歩き出した。

ノイズの足取りは軽い。

【森の中で火属性の魔法は使用しないほうがいいでしょう。汎用性の高い《聖属性》の魔法をオススメします】

「聖属性、か」

森の中を歩くこと一時間ちょっと。

近くでノイズが魔物を相手に無双していた。彼女は生まれながらに筋力、速力のステータスが高いのか、短剣を手に縦横無尽に森の中を疾走しながら魔物を次々に倒していった。

その様子を眺めつつ、俺は神様とメッセージでやり取りしながら魔法の練習を行う。

「ちなみに聖属性の魔法が使えるとどれだけ便利なの？」

ノイズに聞こえない程度の声量で神様に問う。

本当は心の中で会話できるが、思わず口に出してしまうのが人間の性だろう。

【聖属性魔法は魔物に対する強力な浄化効果を持ちます。他にも物理攻撃に高い耐性を持つ死霊系の弱点であり、支援や回復も使えます】

「おお……めちゃくちゃ便利な魔法か」

【はい。ただ、必ずしも魔法の火力が他の魔法より高いというわけでもなく、個体名マーリンほどのステータスがなければまともに使えません。それと聖属性の魔法が使える者も少ないです】

「なるほどねぇ」

聖属性魔法で全てが解決するわけでもないが、かなり貴重な魔法だから使えれば便利だと。

世の中上手くできてるもんだ。

けど、俺の場合は完璧に聖属性魔法が扱えるらしい。ステータスが高いからな。試しに、言われた通り掌《てのひら》に光を浮かべてみた。

ぽわっと電球くらいの大きさの光が生まれる。

「聖属性。主にイメージに必要なのは光」

呟きながら掌に浮かんだ光を近くの木に飛ばす。

光線みたいに飛んでいった光は、その熱量で木の中心に小さな穴を穿《うが》った。

わぉ。俺のステータスだと簡単に人体も貫けそうだな。人間に対して使うのはやめたほうがいいかもしれない。

「今のは聖属性魔法ですか⁉」

魔物を殲滅《せんめつ》したのか、血塗《ちまみ》れのノイズが戻ってきた。

しまった、今の魔法練習を見られていたのか。別に見られたところで何か問題があるわけでもないが、俺の外見を知る彼女に聖属性魔法が使えることを知られると……ほら、余計に神様っぽいって思われそうじゃん？

――ってまさか、それを主張するために聖属性魔法を使えって俺に言ってるわけじゃないよなぁ？　神様ぁ。

【違います】

レスポンスが早い。なんだか地味に怪しかったが、今はノイズとの会話が先決だ。神様は放っておく。

「お疲れ様ノイズ。変なところを見られちゃったね」

「変じゃありませんよ！　貴重な聖属性魔法が見られて驚きました」

「そんなに珍しい魔法なの？」

「はい。適性者がほとんどいないらしいですよ。最近だと王都にいる第四王女様が聖属性魔法を使えると聞きましたが」

「へぇ……」

第四王女か。俺みたいな平民とは絶対に関わり合いのない相手だな。

適当に記憶の奥底に突っ込んで蓋をする。覚えておく必要はないだろう。

「実際に使える人を見たのは今のが初めてです！　ビースト族は魔法が苦手ですから」

「らしいね。でもノイズの身体能力は凄いや。五感も優れているみたいだし」

「マーリンさんに褒められると照れますね……えへへ」

ノイズはがしがしっと後頭部をかきながら頬を赤くした。

歳相応、と言うと彼女に失礼かもしれないが、非常に可愛らしい反応だ。後ろに転がる大量の魔物を殺した、という点を除けば。あと全身についた返り血。

「ノイズ、その体どうするの？　血が付いたまま町に戻る？」

「どこかで洗い落としていきたいですね……確か、この辺りに湖があったはずです！」

「じゃあそこに行こうか。案内できそう？」

「たぶん！」

「たぶんかぁ」

元気よく答えてくれるのはいいが、大変不安になる言葉だ。

しかし、ゴブリンの血がべったり付いた状態でセニヨンの町に入れば、下手《へた》するとノイズが何を言われるか。ただでさえ、亜人云々《うんぬん》で文句を言われているのだ、これ以上は可哀想すぎる。

俺はノイズが倒したゴブリンの死体を収納魔法で片付けてから、彼女に湖までの案内を頼んだ。

すぐに見つかるといいな。


俺の希望を神様が叶《かな》えてくれたのか、ノイズの記憶力がよかったのか、彼女が言っていた湖は意外なほどあっさり見つかった。

割と森の奥まで来たらしいね。人のいない広々とした空間に出る。そこには、大きな湖があった。

「湖がありましたー！　これでノイズの体に付いた血を洗い落とせます！」

「そうだね。とりあえず顔の――ッ!?」

言葉の途中、俺はたまらず絶句した。

何に絶句したのかって？　そんなの決まってる。目の前で急に服を脱ぎ始めたノイズに対してだ。

俺は最速で視線を横に曲げる。

顔にとんでもない熱がせり上がってくるのを感じた。やや上ずる声でノイズに叫ぶ。

「の、ノイズ！　ダメじゃないか、俺がいるのに服を脱いじゃ！」

「？　服を脱がなきゃ綺麗にできませんよ？」

「そりゃあそうだけど……俺も男だし」

「マーリンさんなら別に見られても構いません！　マーリンさんはいい人です！」

堂々と、何の羞恥心も感じられない声でノイズはそう答えた。

ノイズがよくても俺がダメなんだよ！　慌てて視線を逸らしたが、上を脱いだ瞬間に少しだけ彼女のむ……胸が、見えた。見てしまったのだ。

幸いにも、他には何も見えていない。体が硬直しつつもギリギリ理性を保つことができたのは、迅速な行動と高いステータスのおかげか。これも神様に感謝しないとな。

【別にそのために力を授けたわけではありません】

神様からメッセージが飛んできた。分かってるよ！　そんなこと。

それよりこの状況だ。

すでにノイズは湖の中に飛び込んだ。音だけでもそれが分かる。

水中に体が沈んでいるなら視線を戻しても大丈夫だろうが、百パーセント安全とは言い難い。

俺は湖に背を向けた状態で、脳裏に浮かんだ邪な気持ちを抑えながらその体勢をキープする。

体を洗うだけならすぐに終わるだろう。魔法の練習でもしてよ……。

いろいろ諦めて俺は掌に光の球体を浮かべた。

直後、

「ギギ？」

「え？」

茂みの中から出てきたゴブリン二体と目が合った。

お互いに固まる。そして、

「ギギ！　ギギギ！」

「ぎゃあああ！」

ゴブリンが威嚇するように叫び、俺はマジでビビッて叫んだ。

「むっ！　ゴブリンがこんな所に！　ノイズが倒します！」

「ぎゃああああノイズううう⁉」

彼女は素早く湖から上がると、短剣を持って俺の前に姿を見せた。――すっぽんぽんの状態で。

少しは隠そうよ！　ゴブリンくらい俺が倒すからさ‼

俺は内心で絶叫する。顔が熱くて火を噴きそうだった。

しかし、俺の動揺とは裏腹に、ノイズは冷静にゴブリンに対処する。ほんの一分ほどでサクッとゴブリン二体は討伐された。

「ふぅ！　またゴブリンの血で汚れてしまいました。せっかく湖で洗ったのに」

ゴブリンの首元に短剣を突き刺したノイズが、飛び散った鮮血を手で拭いながら小さくぼやく。

上手いこと血が彼女の裸体を隠していた。少なくとも致命的な部分は見えていない。

俺はそれでも視線を横に逸らしながら、体を張って戦ってくれたノイズにお礼を伝える。

「俺の代わりに戦ってくれてありがとうね、ノイズ。体をもう一度洗ってから町に戻ろうか」

「はい。死体はマーリンさんにお願いしま――」

パキッ。

「……パキ？」

なんだか嫌な音がした。

呟いた俺は、視線を反射的に音のしたほうへ向けてしまう。そこには、ゴブリンの首元に刺さっていた短剣を引き抜いたあとのノイズと、――半ばまで剣身を失った短剣があった。

要するに、先ほどの高い音は、ノイズの短剣が壊れた音だったらしい。

半分も欠けた短剣を見て、ノイズはしばらく無言を貫き通したあと、

「の……ノイズの短剣があああああ⁉」

盛大に叫び声を上げた。

ビリビリと周囲の空気を震わせながら俺の耳を強烈に刺激する。

まさかの事態に俺も唖然《あぜん》とした。あれではまともに武器としての役割を全《まっと》うすることはできない。

ノイズなら素手でもある程度は魔物を倒せるんだろうけど……。

ちらり、と彼女の顔を覗《のぞ》く。次いで、俺はぎょっと目を見開いた。

ノイズの双眸《そうぼう》から大粒の雫《しずく》がボロボロと溢《あふ》れている。頬を伝って地面にわずかなシミを広げた。

「こ、これがノイズの最後の武器だったのにぃ……！」

子供みたいな涙声を出し、ノイズはへろへろとその場でしゃがみこんでしまった。

俺はどうしたらいいのか分からずオロオロする。さすがに短剣を修復することはでき……ないよね。

神様へ向けて質問を飛ばした。返事は早い。

【魔法を用いれば武器を修復することは可能です】

お？　もしかしてできるのか？

【ただ、新しい素材を使わなければ品質はより劣化します。個体名ノイズの折れた武器を直しても

ほぼ無意味でしょう】

なんだよ！　期待させるようなこと言いやがって。直すより新品を購入したほうが早いってことか。

【肯定します。しかし、新品を購入するより、個体名マーリンが魔法スキルで新たな武器を作ったほうが出費が安く済みます】

お、俺が……武器を作る？

突拍子もない神様の言葉に首を傾《かし》げた。

【通常の鍛冶師とは違い、個体名マーリンはあらゆる魔法を使えるため、より品質の高い武器を自作することができます】

それって、ノイズのためにより頑丈な武器を作ってあげられる……いや、作れってことかな？

【選ぶのはあなたです】

そこでメッセージは止まる。

俺もいろいろ考えてみた。

まず、武器を自作するというのは悪くない選択肢だ。神様が教えてくれたように、出費が安く済むならそれに越したことはない。

加えて自作するもう一つのメリットがある。

ノイズに合わせた頑丈な武器を作れるという点。

彼女はかなりのパワータイプだ。力こそ全て！　とか言い出しそうな戦闘スタイルで、実際、短剣程度では彼女の腕力に耐えきれない。もっと大きな、そう、大剣みたいな武器を使ったほうがいい。

だが、剣とは基本的にサイズが大きくなればなるだけ値段もまた高くなる。使われる素材が増えるのだから当然だ。

それを、俺なら最低限の値段で作れる。

鍛冶師とは違う武器を作るための魔法――というのがどういうものかは分からないが、ものは試しだ。できるかどうかはさて置いて、今は傷心中のノイズを励ますためにも提案してみよう。

俺は覚悟を決め、彼女の右肩に手を置いた。

「ノイズ、ちょっといいかな？」

「ま、マーリンざぁん」

すっごい鼻声。いまだに両目から大量の涙が流れている。鼻からも鼻水がドバドバだ。

早く湖で顔も洗ってきてほしいが、先に安心させてあげるのがいい男というもの。

なるべく穏やかな表情で、相手を落ち着かせられるようにゆっくりと話した。

「短剣、壊れちゃったようだね」

「はいぃ……ノイズ、力のコントロールが苦手で……せっかく、武器の消耗を抑えるためにマーリンさんとパーティーを組んだのに、結局ノイズばかりが戦っちゃって……」

「いやいや、ノイズは悪くないよ。あくまで武器の耐久値が低かっただけさ。もっと頑丈な物を使えばいいんだよ」

「それは……お金の問題で難しいです……ノイズたちは普通に暮らすのもお金が掛かるので、高い武器は買えなくて……」

「なるほど。それじゃあお金は大事にしないとね」

多くは語りたくないのだろうが、色々あったのは明白だ。

ならば、俺はノイズに救いの手を差し伸べられるかもしれない。

「そこでどうだろう。実は俺は、魔法を使って武器を作ることができるかもしれないんだ」

「……へ？」

ノイズは明らかに驚いていた。涙がピタリと止まる。

「実際に作ったことはないんだけど、町に戻ったら材料を購入して俺がノイズの武器を作ろうか？

頑丈な大剣とか悪くないと思うんだよね」

「ま、マーリンさんが……ノイズの武器を作ってくれる？」

「本当に作れるかどうかはまだ分からないけどね」

【作れます。能力は充分です】

はいはい。分かったから落ち着いて神様。俺は慎重なタイプなんだ。

「……マーリンさんがノイズのために武器を作ってくれるなら、ノイズは嬉しいです。材料費はもちろん出しますし、完成したら一生をかけてでも恩を返します！」

「一生は別にいいかな。特別な材料で作る特別な武器でもないしね」

セニヨンの町で売ってる鉱石を適当に買い、それで武器を作る予定だ。

伝説の鉱石とか、特別な能力が宿る武器とかそういうわけじゃない。

【否。個体名マーリンは《付与魔法》も使えます】

付与魔法？

急に神様が意味分かんないことを言いだした。

【付与魔法はその名の通り、物体に特殊な属性、効果などを付与できる魔法です。簡単に言うと、炎を噴く剣、冷気を放つ槍《やり》、斬れ味を高めた斧《おの》などが作れます】

ま、マジか。

さっき俺が言った特別な武器ってことになるのか？

【肯定。本来、付与魔法は種族特性としてドワーフ族が得意とする魔法です。ヒューマンで使えるのはごく一部の者のみです】

うーん。実に面倒事を呼び寄せそうな魔法だな。

少なくとも人の目につく所で使えば確実に噂《うわさ》になる。俺はノイズの武器を作ることしか頭にないから、彼女に釘《くぎ》を刺しておけば大丈夫そうかな？

少し悩みはしたが、ノイズのために武器を作ってあげたい、という考えに変更はなかった。

改めてノイズに告げる。

「そういうわけで、ノイズには悪いけど、俺の魔法の練習をさせてくれると助かるかな」

「そんな！　こちらはありがたいくらいです！」

胸の前で両手を合わせ、祈るようにノイズは頭を下げた。

正直やめてほしい。俺は神様みたいな扱いをされるのは苦手なんだ。この外見のせいでね。

頬をかきながら彼女を立たせ、折れた短剣を回収したのち、再びノイズの体に付いた血を湖の水で洗ってからセニヨンの町に帰った。

俺は、ノイズが喜ぶ武器を作ることができるのだろうか。

自信はないが、不思議と胸がワクワクした。

▼△▼

ノイズと共にセニヨンの町に帰還する。

時刻は夕刻。

青かった空には徐々に、夕陽のオレンジ色が混ざり込んでいた。

武器の製作にどれだけ時間がかかるのか分からないが、夜になる前には終わるといいな。

肩を並べ、セニヨンの町の正門をくぐってすぐ、鍛冶屋を目指す。鉱石はそこで売っているらしい。

「ちなみになんだけど、ノイズ」

「はい」

「この町にドワーフ族の人はいるのかな?」

「ドワーフですか。いえ、ノイズが知るかぎりいませんね」

「なるほど」

さすがにどこにでもいるわけじゃないのか、ドワーフ。

ヒューマンじゃないってことは亜人だろうし、ヒューマンたちの町には住みにくいか。

となると、最初に考えていた通り、俺の魔法のことはノイズに秘密にしてもらおう。余計な注目を浴びる必要はない。

「じゃあノイズ、君の武器を作るにあたって一つだけ約束してほしい」

「約束？」

「俺の魔法は誰にも話さないこと。それが約束」

「マーリンさんはせっかくの技術や才能を隠しておきたいんですか？」

「鋭いね」

ノイズは先ほどの言葉から俺の真意を見事に汲《く》み取った。その通りだと俺は頷く。

「俺は忙《せわ》しない日々はあんまり好きじゃないんだ。有名になりたくないわけじゃないけど、周りが賑《にぎ》やかになりすぎるのはちょっとね」

外見も合わさって注目されるのはよくない。だからノイズには口を固く閉ざしてもらう。

彼女はにこっと笑って親指を立てた。

「了解です！　絶対にマーリンさんのことは誰にも話しません！」

「ありがとう。助かるよ」

これで心配の種は一つ減った。

ノイズの性格を考えると、どこかでポロッと口にしちゃいそうだけど、そこまで徹底して隠すのは難しいし、ノイズに悪い。

バレた時はバレた時で新たに考えよう。今はただ、彼女に合う素敵な武器を作ることだけを考えればいい。

次第に鍛冶屋の看板をぶら下げた建物が見えてくる。カーン、カーン、と中から甲高い音まで聞こえてきた。

こんな時間でもまだ鉄を打っているのか。勤勉だな。

金属が鳴らす、どこか心地のいい音を聞きながら、鍛冶屋の扉を開ける。途端に、奥から男性の大きな声が聞こえてきた。

「おいルイス！　もっと強く、正確に鉄は叩《たた》け！　歪《いびつ》になっちまうだろうが！」

「は、はい！　親方！」

凄い声量だな。割と距離があってもしっかり聞こえてくる。

「いらっしゃいませ。本日は武器か防具をお求めでしょうか？」

奥の部屋から聞こえてくる怒声に苦笑しながら、店員の一人と思われる男性が人当たりのいい笑みを浮かべてこちらに近付いてきた。

「いえ、鉱石を売っていただけないかと」

「こ、鉱石を？」

不思議そうな顔で店員の男性は首を傾けた。

鍛冶屋で鉱石を買う人はあんまりいないのかな？　まあ鍛冶師でもなきゃありえないか。

「はい。大剣が作れるくらいの量をお願いします」

「大剣……長さは具体的にどれくらいですか？」

「彼女の背丈より少し大きいくらいでしょうか」

ちらりと後ろに並んだノイズに視線を向ける。

男性店員もまたノイズに視線を向けた。しかし、その瞳には侮蔑や嘲笑、見下すような感情は宿っていない。

真剣にノイズを見つめたあと、くるりと踵《きびす》を返す。

「畏まりました。ただいま用意しますのでお待ちください」

それだけ言って奥の部屋に引っ込む。

どうやら職人気質《かたぎ》なのか、亜人にはあまり興味がないようだ。険悪な空気にならなくてよかったと俺は胸を撫《な》で下ろす。

そしてしばらく待っていると、大量の鉱石が入った箱を男性店員が運んできた。

「こちら、ご注文の鉱石になります。量が多いですが問題ありませんか?」

「はい。ありがとうございます」

俺は手持ちの硬貨をほぼ使い切る勢いでカウンターに置き、平然と男性店員から鉱石の詰まった箱を受けとる。

「ち、力持ちなんですね……あはは」

軽々と箱を持つ俺を見て、男性店員は苦笑する。

これでも常人の数倍は筋力パラメータが高いからな。これくらいならほとんど重さを感じない。

俺が箱をインベントリの中に収納すると、またしても男性店員は驚く。

「い、今のは、収納系のスキルですか⁉」

「そうですね」

「いいなぁ……我々商人は喉から手が出るほど欲しいスキルですよ」

「運搬が楽になりますからね」

「はい」

まったくその通りだと男性店員は頷いた。

加工費用が高いだけで鉱石自体はなんとか買えた。おかげで手持ちはすっからかんにはなったが。

ぺこりと頭を下げる店員に手を振り、俺とノイズは鍛冶屋をあとにする。


「お、お金……これで足りるでしょうか？」

鍛冶屋を出て通りを歩いていると、ノイズが懐から数枚の金貨を取り出す。

なけなしの金だろう。ぷるぷると手が震えている。

「うーん……まあ金貨一枚くらいでいいよ」

「え？　で、でも……」

「代わりに、これからも一緒にパーティーを組んで依頼を請けてくれると嬉しいな。ノイズがいると凄く安心するし」

「マーリンさん……」

俺を見るノイズの目に、確かな信頼と尊敬の感情が込められる。

今お金を受け取ることにさして意味はない。それなら、彼女に恩を売って今後も仲良くしたほうがお得だろう？

俺には俺の利がある。ノイズには悪いが、せっかくできた友達を簡単には手放したくなかった。

実際、冒険者として仕事を請けていればさほど痛い出費でもないしね。

俺は彼女からのお金を金貨一枚だけ受け取って泊まっている宿に向かった。偶然にも、ノイズも同じ宿に泊まっているらしい。

部屋は離れているが、こういう運命もあるんだなぁと感心する。

武器作りは人目につかない所で。俺の部屋で行うことにした。

扉を開けて中央の床に腰を下ろすと、インベントリから購入した鉱石を取り出す。

「さて……鍛冶用の魔法なんて初めて使うからどうすればいいんだろうね」

独り言のように神様へ訊《たず》ねた。

すると、

【魔法は全て同じです。イメージしてください。目の前の鉱石を魔力で溶かし、大剣へと形を整えるのです】

「ふむ」

言われるがままにやってみる。

まずは魔力を鉱石に流した。鉱石を溶かすイメージを脳裏に構築すると、途端に鉱石がどろっとした液体に変わる。

ここで大事なのは、その液体を宙に浮かばせることだ。

鍛冶用の魔法は複雑な、複数のイメージが必要になる。だが、不思議と俺にはできた。これも高い魔力パラメータのおかげかな？　もしくは、神様が俺に魔法を使えるように恩寵《おんちょう》でも施してくれたのか。

【両方とも正しいですね】

ほらね。

個人的には助かる配慮だ。

他の鉱石も最初と同じように溶かして宙に浮かべる。複数の液体が混ざり合い、大きな広がりを見せる。

今度はそれを剣の形に変えていく。大事なのは見た目じゃない、性能だ。

ノイズの力にも耐えられるように、末永く使えるように剣身は厚く、それでいて長く整えていく。

用意した大量の鉱石が次々に液体となって大剣を構成していった。

魔力の操作能力が高いのか、意外なほどあっさり大剣の形が出来上がる。

【形を整えたら、次は液体を個体にするイメージを構築してください。もっと簡単に言うと、元の鉱石に戻すイメージですね。固めてください】

簡単に言うねぇ。

だが、要はガチガチの剣にしろってことだろ？　それならあまり難しくはない。

脳内で目の前の剣の完成形をイメージする。

自然と魔力が動き、剣状の液体がぎゅっと密集した。固まり、密度を高める。

そうしておよそ一分。きっちりと固めた剣に指を当てて弾《はじ》く。

キィィィン――という小さな金属音が聞こえた。

完璧だな。間違いなく指に伝わる感触から鉱石本来の硬度を取り戻している。いや、むしろ魔力でコーティングされているおかげで、材料の時より硬くなった。

装飾などは適当だ。鍛冶屋に飾ってあった武器を参考にしたので普通だと思う。

「一応これで完成かな？」

俺は魔力を切り、宙に浮いていた剣の柄を掴《つか》んだ。

「うん、重量も悪くないね」

重さはイコール頑丈さとも言える。重ければ重いだけ一撃の威力も増すってものだ。

しかし、振り回す上で過度な重量はよくない。取り扱いがそれだけ難しくなる。

なので、俺は最後の仕上げを施す。

神様が教えてくれた《付与魔法》だ。

付与魔法は物体に様々な効果を付与できるらしい。それってつまり、この剣の重量を軽くすることもできるはず。

俺が施す付与は二つ。というか、

【剣の材料になった鉱石では、三つ以上の付与魔法に耐えられません】

とのことだ。

そこで付与する効果は、《軽量化》と《硬質化》。

軽量化は物体の重さを下げる魔法。硬質化は物体の硬度を高める魔法。

この二つを付与することで、ノイズが扱いやすく、かつ頑丈な武器ができあがる。

剣を握った状態で付与魔法のイメージを追加で剣に施す。

付与魔法もあっさりと成功した。わずかに剣が発光し、魔力が宿る。

「す、凄い……剣が輝いています」

幻想的な光景を前に、ノイズが感嘆の息を呑《の》んだ。

俺もこの光景には驚いた。

魔力が剣に馴染《なじ》むまでの間、輝きが終わることはない。

やがて付与した魔法が完全に剣に馴染むと、徐々に光は強さを失って消えた。

おそらく付与が終わったのだろう。俺はゆっくりと剣を持ち上げてみた。すると、嘘《うそ》のように軽い……かな?

元から軽いため俺にはよく変化が分からなかった。試しに、ノイズに渡してみる。

「はい、ノイズ。これが君の新しい武器だよ」

「あ、ありがとうございます!」

どこかおっかなびっくり剣を受けとるノイズ。

「構えてみてほしい」という俺の要望を聞き入れ、彼女は両手で大剣を中段に構えた。

「どう? 軽量化を付与してるから見た目ほど重くはないと思うんだけど」

「は、はい! 前に使っていた短剣とあまり変わりませんね……び、びっくりしました」

「あはは、さすがに短剣と比べたら重いだろうさ。でも、悪くない出来だね」

あとは大剣の耐久力テストがしたいんだけど、明日にでも適当な魔物を斬りに行くべきか。

「早速、明日、また魔物を狩りに出掛けようか」

「頑張ります！　この剣があれば何でも倒せますよ！」

「油断は禁物だよ、ノイズ。俺が君にあげたその剣は、ノイズを強くするものじゃない。あくまで実力は変わらないんだ」

彼女が調子に乗らないよう注意しておく。

自分に合った武器が見つかるとテンションが上がるのは分かるが、この世界は命に厳しい。あっさりと人が命を落とす。

だから油断は大敵だ。慢心がノイズの未来を閉ざす可能性が高い。

それをノイズも理解しているのか、剣を下げて俺に謝った。

「そうでしたね……すみません、馬鹿なこと言って……」

しゅん、と彼女の耳と尻尾が垂れる。

悲しんでいるのが見た目から分かった。

俺はくすりと表情を笑みに変えて言う。

「分かってくれればいいんだ。俺は嫌だよ、ノイズに死なれたら」

「命を大事に、ですね！」

「うん」

顔を上げ、ノイズの雰囲気が戻る。

これで今の話は終わりだ。パンパン、と手を叩いて話題を逸らす。

「じゃあ武器も完成したし、鞘……あ」

そこでふと、俺は自らの至らなさに気付いた。

「鞘を作るための材料を買ってなかった！」

「あ。そういえば忘れてましたね」

ノイズもそのことはすっかり頭から抜けていたらしい。

お互いに顔を見合わせ、同時に笑う。

「しょうがない。これからまたさっきの鍛冶屋に行ってくるね。ノイズは自分の部屋で待っててていいよ。俺が材料買ってくるから」

「で、でしたら……少し、この部屋にいさせてもらってもいいでしょうか？」

「俺の部屋に？　別に構わないけど……」

変なことを言うね。確かに時間的な効率で言えば移動する意味はない。

だが、他人の部屋では落ち着かないかと思って配慮した。

ノイズはその辺問題ないのかな？

まあいいかと俺は深くは考えず、一人、部屋を出て鍛冶屋へ向かった。

四章　姉

ほぼ全財産はたいてノイズの大剣と鞘《さや》を作った。

魔法による付与もかけておいたし、ノイズの剣が壊れることはしばらくないだろう。

大剣を抱えたノイズが踊るように自室へ帰っていくのを見送ると、俺は妙にやりきった感を出す。


そして翌日。

ノイズとの約束通りに、朝食を取った俺たちは二人で宿を出て冒険者ギルドに向かう。

適当に討伐依頼を請けて、作った剣の斬れ味、使い心地などを調べる。

ノイズは興奮してあまり眠れていなかったのか、朝からもの凄くテンションが高い。ぴょんぴょんと意味もなくそこら辺で飛び回り、冒険者ギルドで向けられる差別的な視線も完全にスルーしていた。

俺としては接しやすくて助かるが、今からそんな動き回って体力はもつのかね？　ビースト族特有のあり余るほどの体力があるとか？

疑問を抱えながらも冒険者ギルドで魔物討伐の依頼を請ける。

ノイズを連れて町の外に出ると、彼女は張り切って先頭を歩き魔物を探した。

しかし、

「……なかなかいませんねぇ、魔物」

昨日と同じく、すぐには魔物と接敵することはなかった。森の中は静かなものだ。

「最近、この辺りの魔物が減ってるとかそういう話は聞いてない？」

「んー……体感で言うと減ってる気はしますが、特に何かを聞いたわけではないですね」

「そっか。じゃあもっと奥に行こう。魔物が町から離れてるかもしれない」

「分かりました！　討伐はお任せください！　マーリンさんが作ってくれたこの剣があれば、ノイズは今まで以上に動けます！」

「無理しない範囲でね」

油断するなという叱責を忘れているわけではないだろうね？

やや不安にはなったが、彼女は笑顔の裏側でしっかりと周囲に気を配っていた。

テンションは高くともやる気に満ち溢《あふ》れている。この様子ならおそらく問題はない。

サクサクと雑草を踏み締めるノイズの背中を追いかけながら、俺もまた周囲に気を張り巡らせる。

すると、その途中でようやく魔物を見つけた。

「ギギャッ！」

緑色の肌と人間によく似た形。昨日も戦ったゴブリンだ。

「出ましたね、魔物！」

敵の数は多くない。三体だ。

ノイズなら一人でも戦える。そう思って俺は手出しをしないようにノイズを見守った。

彼女は背中に背負った大きな鞘から剣を抜く。短剣と違い、大剣はその姿を晒《さら》すだけでも威圧感を放った。ゴブリンたちがわずかに後ろへ下がる。

へぇ……知能が低い魔物だとばかり思っていたが、ゴブリンにも恐怖の感情はあるらしい。ノイズを見て勝てないと悟ったのだろう、一斉にゴブリンが踵《きびす》を返して逃げ出した。

「あっ！　逃がしませんよ！」

ノイズはすぐに地面を蹴った。

身の丈ほどの大きな剣を持っているとは思えぬ軽やかな動きで、ゴブリンたちに追いつき剣を振るう。

空気が斬り裂かれ、鈍い音と共にゴブリンの体が横に両断される。

大量の鮮血を撒《ま》き散らし、ちょうど横一列になって逃走していたゴブリンたちは、ノイズの一撃で絶命した。三体分の体が地面に倒れる。

「おぉ。見事な一撃だね、ノイズ」

俺はパチパチと拍手をしながら必死にせり上がってくる嫌悪感を堪《こら》える。

──容赦なさすぎるよ、ノイズ。体が半分になってグロい！

俺は神様みたいなスペックを持つ化け物に転生したが、心は平凡な人間だ。いまだにゴブリンの亡骸を見るだけでも気分が悪くなる。

「えへへ。マーリンさんが作ってくれた武器のおかげです！　この剣、振り回しやすいし、軽くて凄くいいですね！」

まるで宝物を自慢するかのようにノイズが瞳を輝かせながらそう言った。

君のために作った武器だからね。気に入ってくれると俺も凄く嬉《うれ》しい。

ゴブリンへの不快感も少し和らいだ。とはいえ、この死体を持ち帰らないともったいない。吐きそうになりながらも視線を逸らしてゴブリン三体をインベントリに突っ込んだ。

あぁ、ちょっと血が手に付いた。臭い……。

「どうする？　ノイズ。まだまだ時間はあるし、ノイズも剣を振り回し足りないと思うんだ。もっと魔物を狩るかい？」

「はい！　マーリンさんに恩返しするためにも、たくさん倒してお金を稼ぎます！」

「やる気満々だね」

一応訊《たず》ねてみたが愚問だったね。

剣に付いた血を払い、ノイズは大剣を鞘へ納めると再び歩き出した。

そこからは破竹の勢いだ。

またしてもゴブリンの集団と出会い、ノイズは暴れるように彼らを蹂躙《じゅうりん》。最弱と名高いスライムも容赦なく剣の側面でぐちゃっと潰し、「もっと強い魔物はいないんですかねぇ」と呟《つぶや》くくらいには、戦闘欲に支配されていた。

そもそも魔物との遭遇率の低さを鑑みれば、ゴブリンより強い魔物とそうそう出会えるわけがない。

俺としては、ゴブリンやスライムの討伐だけでも討伐報酬がもらえるので支障はなかった。相手が雑魚《ざこ》ならノイズが傷付くおそれもないし、このまま平穏に時間が過ぎ去ってくれることを祈る。

けれど、現実は思い通りにはいかない。

ノイズの願いを何者かが叶《かな》えるかのように、俺たちの前に巨大な黒い犬が現れた。

「グルルルッ！」

他の魔物と同様に真っ赤な瞳と地面に垂れる涎《よだれ》。剝《む》き出しの牙が殺意そのものを象徴していた。

「あ、あの魔物は……」

「三級危険種の《ガルム》⁉」

「ガルム？」

聞いたことのない名前だった。

「四級危険種のゴブリンやスライムより強い魔物です」

ノイズが黒い犬から視線を外さないまま説明してくれた。

「ふうん。ノイズは一人で勝てそう？」

「前の短剣なら確実に負けます。ノイズも戦ったことはないので」

「じゃあ俺が手を貸そうか？　二人でやればきっと勝てるよ」

ゴブリンやスライムより一つだけランクが上ならそんなに強くもないだろう。油断するつもりはないが、俺のステータスならおそらく問題ない。あとはノイズの許可をもらうだけだ。

横目でちらりとノイズを視界に入れる。彼女はやや考えたあと、鞘から大剣を抜いて言った。

「いえ！　ここはノイズが頑張ります！」

「……了解」

不安はある。ノイズ一人に任せていいのかという不安が。

しかし、彼女は自らの意思でガルムと戦うことを決めた。いくら心配であろうと、その判断を尊重してあげるべきだ。

それに、俺には治癒魔法がある。遠距離攻撃手段もあるのだから、しっかりノイズたちの戦いを見て、いざとなったら介入すればいい。

スッと彼女の判断を受け入れ後ろに下がる。逆にノイズは前へ踏み出した。

「行きます！」

勢いのいいダッシュ。速度が一気にマックスへ。

ガルムの懐に潜りこむと、身の丈ほどの剣を素早く横に薙《な》いだ。

だが、ガルムはノイズの動きを追っていた。ほとんど回避は難しいと思われた一撃を、ぐいっと後ろへ跳ねるように躱《かわ》す。

やはり獣か。反射神経は人間のそれを大きく超えている。

「ッ！　まだまだぁ！」

剣が虚しく空を斬る中、ノイズは声を張り上げてさらに走った。

ペース配分は度外視。ただひたすらに速く、ただひたすらに攻撃に偏ったスタイルでガルムを追いかける。

対するガルムのほうは、ノイズの動きにギリギリ反応してはいたが、逆に反撃する糸口を見つけられない。いわゆる防戦一方というやつだ。

ノイズの体力が先に削られるか、ガルムの集中力、反射神経をノイズが凌駕《りょうが》するか。どちらかの勢いが失速した時点で勝負は決する。

果たしてどちらが勝つのか。

予想はもはやつかない。どちらも同じくらいの強さに見えるし、逃げ回っているガルムの攻撃を受ければ、ノイズも重傷を負うだろう。それだけ体格差がある。たぶん、筋力のパラメータは相当高い。

繰り返される攻防を見て、若干ハラハラしてきたが、当然、お互いに全速力で行動し続けていれば終わりは早い。先に集中力を欠いたのは――ガルムのほうだった。

それはほんのわずかな隙。

足下にあった木の根に躓《つまづ》き、勢いがわずかに落ちた。

普通なら問題ない些細《ささい》な隙だ。例えば俺ならその隙を突くことはできない。しかし、ノイズは見事に追いついた。

「そこおおおお！」

絶叫のように絞り出された声が、大剣を伴ってガルムの体に傷を付ける。

前脚が斬れた。その攻撃に、俺はノイズの勝利を確信する。

なぜかって？　理由は単純だ。

ガルムはステータスという部分でノイズになんとか優っていた。攻撃を避け続けられたのがその証拠である。

だが、今のガルムは脚を斬られて敏捷性《びんしょうせい》が落ちている。そんな状態でこれ以上ノイズの攻撃を避けられるとは思えない。

現に、動きの鈍ったガルムの懐にピタリとノイズが張り付いている。

もう彼女を引き剝がせない。大剣のリーチからは逃げられない。

苦悶《くもん》の表情を浮かべ、ならばと逆にカウンターを仕掛けるガルム。悪くない判断だったが、

「はあぁッ！」

相手の反撃を読み切ったノイズに噛《か》みつき攻撃を躱され、がら空きになった首元に剣を刺し込まれた。

声すら発することができず、ガルムは大量の血を流して地面に倒れる。

ノイズは油断しない。相手が確実に死ぬように剣を抜き、出血多量を狙いながら——最後にはガルムの首を切断した。

鈍い音が響き、緑色の絨毯《じゅうたん》の上にごろんとガルムの生首が転がった。

勝負あり。

「ふぅ……勝ちましたよ、マーリンさん！」

先ほどまでの殺意溢れる表情が消え、普段のノイズらしい笑顔をこちらに向ける。

そのギャップに俺は苦笑した。手を振り、「お疲れ様」の言葉を返す。

「凄い戦いだったね。よくあんな動きをずっと続けられるものだよ」

「無我夢中でした。攻撃を受けたら終わりだって考えて、限界まで剣を振りました！」

「疲れてない？　しばらく休んでていいよ」

ガルムの死骸に近付き、自分の倍以上はあるそれをインベントリへ突っ込んだ。

「そうですね……さすがに、もう一度戦えと言われても無理ですぅ」

ノイズは倒れた。大の字になって地面を転がる。

大剣をしまう余裕すらなくなっていた。

「無理もないさ、あんな大物を倒したんだし」

「マーリンさんのおかげですよぉ。この大剣、ノイズにとって最高の武器です！」

「そう言ってくれると嬉しいね。けど、いざとなったら武器を捨ててでも逃げなよ？　また作ってあげられるんだからさ」

「むぅ……ノイズは剣を捨てるくらいなら最後まで戦います」

「ダメだよ」

俺は厳しい言葉を投げる。

「武器よりノイズの命のほうが大切なんだ。絶対に死なないでくれ」

「マーリンさん……」

ノイズの顔が妙に赤くなる。瞳に込められた感情が、より強くなっているように見えた。

その感情は……尊敬や好意？

詳しくは分からなかったが、彼女からさらに信頼されているなら文句はない。再び、同じことを伝える。

「だから絶対に剣を捨ててでも逃げるんだよ？」

「……はあい」

今度は素直にノイズは頷《うなず》いた。

俺は満足して笑う。

「よし。じゃあ休憩したあとで町に帰る？」

「まだノイズは戦えます！」

「元気だねぇ。けど、魔物は見つかるかな？　これだけ大きな戦闘音を聞いても気配はまったくないよ」

「いつもならゴブリンやスライムが、わらわら寄ってきてもおかしくないんですけどね……」

「何かあったのかな、この森で」

なんとなく呟いた言葉だったが、妙に嫌な予感がした。

俺が望むのは平穏な日々だ。それを脅かす何かがこの森にあるような、そんな拭いきれない不安を抱えることになる。

けれど直後に否定した。きっと気のせいだと。

▼△▼

マーリン、ノイズの二人が森の中で魔物を探している最中。

同じく、少ない魔物を探している一団がいた。

「おい、そっちはどうだ？」

「ダメだ。それらしい足跡も気配もない。近くに魔物はいないよ」

分厚い騎士甲冑《かっちゅう》をまとった大柄な男性が、軽装の男性へ声をかける。

黒い外套《がいとう》をまとった身軽な男性は、地面を観察しながらも首を横に振った。その返事に大柄な男性はため息を吐く。

「ハァ。またか。ここ最近、セニヨンの町周辺でめっきり魔物を見なくなったな」

「結構奥のほうへ行けば出てくるんだけどねぇ。何かあったのかしら？」

大柄な男性の言葉に反応を示したのは、白い法衣のようなものを着た神官風の女性。栗色《くりいろ》の髪を自らの手で弄《いじ》りながら、退屈そうにしていた。

「さあな。格上の二級危険種でも出たんじゃないか？」

「二級危険種ぅ？　そんなの出てきたら私たちでも勝てないわよ」

「さ、さすがに苦しいかと」

紫色の魔女っぽいローブをまとった黒髪の女性が、神官風の女性に同意する。激しく首を縦に振る様子は、ことの深刻さを表していた。

「憶測に過ぎないけどな。大量の三級危険種が四級危険種を狩りまくってる可能性もあるだろ」

「どうだかな。ここまで遭遇率が低いとなると、三級危険種の線は薄いと思うぞ」

大柄の男性に、黒い外套を羽織った男性が否定的な言葉を投げる。

「まあ、それならもっと魔物と出会っててもおかしくないか」

「ああ」

「どうする？　ギルド側から調査の依頼が出てくる頃よ？　いい加減にしないと私たちの稼ぎもガ

クッと下がっちゃうし」

「薬草採取をする人には助かる環境ですけどね……」

へへ、と黒髪の女性が不気味に笑う。

そういえば、と栗色髪の女性が思い出したように声を上げた。

「いたわねぇ、セニヨンの町にも何人か。特にほら、亜人のあの子とか」

「ソフィアちゃんな。お姉さんが大変な時でも頑張ってて偉いよなぁ」

うんうん、と大柄な男性が頷く。

栗色髪の女性は鋭い視線を男性に向けた。

「なぁにが【ソフィアちゃん】よ。そのガタイで気持ち悪いこと言わないでちょうだい」

「はぁ!? 別にいいだろ！　あの子いい子だし可愛いんだから」

「亜人というだけで町の人たちには白い目で見られているのに、それでもめげずに頑張っているからな」

黒い外套の男性も大柄な男性と同じくソフィアに好感を持っていた。

「世知辛《せちがら》い話だぜ。エルフ族がヒューマンに何をしたって言うんだ」

「そ、そういうものですから、亜人は。私たちがどうこう言っても仕方ありませんよ」

黒髪の女性が大柄な男性をなだめる。

彼らのパーティーは全員が亜人に対する偏見を持たない。亜人もまた人の姿をしているのだから同じ存在だと思っている。

だが、世間は亜人に厳しい。かつてヒューマンを滅ぼしかけた悪しき種族とよく似ていることから忌《い》み嫌《きら》われていた。

「――ん？　みんな、雑談はそこまでだ。何かが近付いてきてる」

話の最中、黒い外套を着た男性がふいに何かを感じ取ったように森の奥を見た。遅れて、残りのメンバーが同じ方向へ視線を向ける。大柄な男性は剣を抜き、盾を構えた。他のメンバーも臨戦態勢に入る。

「魔物か」

「おそらくな」

「やっと戦えるのね……やれやれ」

「が、頑張ります！」

それぞれが意識を戦闘へ傾ける。

すると、一分後には複数の影が彼らの前に現れた。

「なっ⁉　こ、こいつらは……！」

立ちはだかった魔物を見て全員が衝撃を受ける。目を見開き、大柄な男性が魔物の名前を叫んだ。

「三級危険種……《アラニア》だと⁉」

大きな蜘蛛《くも》の魔物アラニア。

彼らが連携すれば討伐するのは容易《たやす》い三級危険種の魔物だ。

ではなぜ彼らがこんなに驚いているのか。その答えはあまりにも単純だった。

「そうか、こいつらがいたから四級危険種の大半がいなかったのか！」

「まずいわよ、リーダー！　アラニアがいるってことは……」

「ああ。間違いなくアイツがいる。二級危険種――《アラクネ》が」

吠《ほ》えるように言った大柄な男性以外のメンバー三人が、苦虫を噛みつぶしたような表情を作る。

推測が正しければとても自分たちだけでは手に負えない。

判断が下されるのはすぐだった。

「総員、町まで撤退だ！　なんとしてでもこの情報を持ち帰るぞ！」

「了解！」

大柄な男性の言葉に、三人のメンバーが同意を示す。

戦闘態勢を解除し、四人揃《そろ》って踵を返して走り出した。当然、アラニアはその背中を追いかけてくる。

「下手をすればセニヨンの町が壊滅する！　絶対に……絶対にこの情報は持ち帰る!!」

決死の覚悟で男たちは走った。

森の中に、時折剣戟《けんげき》の音が響く。

▼△▼

「が、ガルム!?」

どさっと目の前に置かれた三級危険種ガルムの死骸を見て、ナタリーさんは驚愕《きょうがく》した。

「これをお二人が討伐したんですか……？」

「いいえ。ノイズ――彼女が一人で討伐しました」

「えっへん！」

俺の言葉にノイズは豊かな胸を張ってドヤ顔を作る。

それが余計にナタリーさんを驚かせることになった。

「ひ、一人で……中堅冒険者が倒すようなガルムを……」

「この大剣があれば余裕です！」

自慢げにノイズはナタリーさんに大剣を見せつける。そんなことをしても受付の女性は困惑するだけだ。

俺は彼女の頭を撫《な》でながら後ろに下げると、

「そういうわけで、素材の査定をお願いします」

と話を進めた。

ぽかーん、としながらもナタリーさんは「畏《かしこ》まりました……」と答え、大きなガルムの死骸を解体所へ運んでいく。

査定をしてもらうだけなら解体所へ直接持ち込めばいいんだが、ノイズの活躍を他の冒険者たちに知らしめるためにわざと受付で見せた。魔物を討伐した証拠を見せないといけないし。

結果、冒険者ギルドはノイズの話で持ち切りだった。

「あ、あの亜人が三級危険種を一人で倒しただと⁉」

「ありえねぇ。いくらビースト族が身体能力の高い種族だとしても、少し前までアイツは四級危険種ばっかり狩ってたじゃねぇか！」

「急に強くなるわけがないし……あのローブの男のせいだろ、どう見ても」

「そういや昨日は持っていなかったな、あの大剣」

「あの大剣に秘密が……」

ひそひそと声を抑えて話しているようだが、元がクソデカいため丸聞こえだ。

俺と同じく周囲の声が聞こえていたノイズは、犬のような耳をぴんと立てて笑みを浮かべていた。馬鹿にされていた彼らを驚かせることができて嬉しそうである。

「よかったね、ノイズ。君の評価が少しは上がったかもしれないよ」

「えへへ。なんだかマーリンさんには悪いことをしてる気分になります」

「？　どうして？」

「だってノイズがガルムを倒せたのは、マーリンさんがくれたこの大剣のおかげですから」

「いやいや」

この子はいつまでも何を言ってるんだか。

俺は首を横に振る。

「確かに俺はノイズに武器をあげたけど、その武器はノイズの能力を高めてくれるものじゃない。精々が、ノイズの力を引き出すものだ」

全然意味合いが違うよ。

「あくまで君は自分の力でガルムに勝ったんだ。誇っていい。凄く強かったよ、ノイズは」

「マーリンさん……！」

ぱぁぁっとノイズの顔がさらに緩む。

俺のほうにひしひしと尊敬の念が伝わってきた。もの凄い好意だな。今ならなんでもお願いを聞いてくれそうだ。

けど、俺もまたノイズのことが好きになっている。一緒に行動しているうちにノイズに情が湧いた。

彼女ほど可愛らしく、彼女ほど健気な女性を俺は一人しか知らない。

そういえば最近、ソフィアと顔を合わせていないな。元気にしてるだろうか？

俺はひっそりと活動する彼女に想いを馳《は》せながら、ガルムの査定が終わるまでノイズと雑談を続けた。


時間にしておよそ三十分。

ナタリーさんが戻ってくる。

「大変お待たせしました。こちら、ガルムの素材買い取りと魔物討伐の依頼報酬となります」

目の前に数十枚の金貨が積まれた。それを袋に入れていくナタリーさん。

俺は内心でもの凄く驚いていた。

こ、こんなにもらえるの⁉　と。

それはノイズも同じだった。

「こ、こんなにお金が⁉」

彼女の場合は実際に声に出していたが。

「はい、どうぞ」

全ての金貨を袋に入れたナタリーさんが、ずっしりとした袋を俺に手渡す。

「ありがとうございます」

受け取った俺はそれを懐にしまうことはせず、隣のノイズにさらに手渡す。

「よかったね、ノイズ。一度にこんなにお金を稼げたよ」

「……へ？」

お金を受け取ったノイズが困惑する。袋と俺の顔を交互に見てから、目玉が飛び出るんじゃないかというくらい驚いた。

「ななな、なんでノイズに⁉」

「え？　だってそれは君が稼いだお金だよ？　俺のものじゃない」

今回、外に出て魔物を狩ったのはノイズだ。俺はただ見ていただけに過ぎない。その上で報酬をもらうなんてふざけた真似《まね》はできないさ。本当に何もしていないからね。

しかしノイズの考えは違った。

「ダメですよ！　マーリンさんがいたからこそノイズはガルムを倒せたんです！　全部もらうなんて厚かましい真似、できません！」

「えぇ……」

ノイズのほうが厚かましくなるの？　この場合。

俺は困ってしまうが、ノイズは頑なにお金を受け取ろうとはしなかった。ぐいぐいっと金貨の入った袋を俺に押しつけてくる。

どうしたものかな……これで受け取ったら変な意識が芽生えそうで嫌になる。かといって受け取らないとノイズは諦めないだろうし……。

ここは、最低限の金だけもらうとしよう。

俺はノイズから金貨の入った袋を受け取り、中から数枚の金貨を取った。これでだいたい報酬の三割くらいか。

残りは再びノイズに返す。

「はい。ただ見ていた俺は、これだけもらえれば充分すぎるよ。あとはノイズが好きに使ってくれ」

「で、でも……」

「だーめ。これ以上は絶対にもらわない。どうしても納得できないなら……そうだね。このあと一緒に食事でもどうだい？　そこで奢《おご》ってくれればいいよ」

食事代なら金貨一枚も使わない。妥協案としては妥当じゃないかな？

ノイズはわずかに考える素振《そぶ》りを見せるが、俺の意思を尊重して最後には諦めた。

「むぅ……マーリンさんは以外と頑固ですね」

「ははは。ノイズほどじゃないさ」

お互いに苦笑し、くるりと踵を返す。

周りからの視線が痛い。主にノイズに向けて否定的な意見も聞こえてくるが、もう亜人差別には慣れた。

ノイズの肩に手を添え、一緒に冒険者ギルドを出た。

ノイズと共に適当な飲食店を探す。

冒険者ギルドにも酒場はあるが、周りは差別意識の強い連中ばかりだ。それなら普段はあまり行かない店に赴き、そこで食事したほうがノイズの気も紛れるだろう。

そう思って通りの一角を歩いていると、ふいに、見覚えのある少女を見つける。

彼女は膝を地面に突けて座り込んでいた。呆然《ぼうぜん》と空を見上げる金色の髪の隙間から、つーっと垂れた雫《しずく》に気付く。

「ソフィア……？」

つい先ほど考えていた、俺がこの異世界で初めて知り合った少女の名前を呟く。

ソフィアのほうも俺に気付き、ちらりと涙を流した双眸《そうぼう》がこちらに向いた。

「どうしたの。なんで泣いてるんだ？」

俺は慌てて彼女のそばに寄ると、膝を地面に突けて目線を下げる。

ソフィアが掠《かす》れた声で言った。

「お姉ちゃんが……」

「お姉ちゃん？」

確かソフィアには一人だけ姉がいるという話を聞いていた。

そのお姉さんに何かあったのかな？　ただならぬ気配と空気を感じる。

「私の……お姉ちゃんが……死んじゃう……」

「え？」

俺は激しく動揺する。

前からソフィアの姉が体調を悪くしていることは知っていた。しかし、それはあくまで風邪を引いたくらいの認識だった。

まさかそこまで重体だとは……。

「何があったんだ、ソフィア。教えてくれ」

「今朝からずっとお姉ちゃんが血を吐いているんです。顔色も今までにないくらい悪いし、ほとんど声も出せなくなっちゃった……どうしよう、マーリン様。お姉ちゃん、死んじゃうの？」

ソフィアの顔が絶望に染まる。

彼女にとっておそらく唯一の肉親。心の支えでもあったはずの姉が危篤状態で完全にパニックに陥っていた。

見れば足が痛ましいくらいに汚れている。姉の病を治すためにあちこちへ走り回った証拠だ。けど、この様子なら確実に何も見つけられていない。そもそも差別されている亜人のソフィアに手を差し伸べてくれる人は多くない。

だが、俺に何ができる？　治癒魔法で治せるのは外傷だけだ。体内の病原菌を殺すには薬が必要になる。

そのことを知ってるソフィアが八方塞がりということは、ソフィアの姉の病が未知のものか、金銭的問題で買えていないかの二択だ。

「落ち着いて、ソフィア。君の姉の病を治す薬は売ってないの？」

「売ってません。まだ治すことができない病だって聞きました。神官様にになら浄化してもらえるかもしれませんが、この町にいる神官では難しい上、とてもそんな大金用意できません……」

「神官に、浄化？」

俺が知らない話が出てきた。

泣きじゃくるソフィアから視線を外して、背後のノイズを見る。

彼女は俺が知りたい情報を持っていた。

「病は呪いと扱いが同じです。不浄なものなので」

「神官なら治せるの？」

「神官が持つ高位の聖属性魔法を使えば。ただ、聖属性魔法を持っている人は少ないです。さらに病を治せるほどの力は……それこそ、王都にでも行かないと……」

「聖属性……魔法……」

ドクン、と俺の心臓が強く跳ねた。

内心で神に問う。

——俺の聖属性魔法があれば、病を治すことはできるのか、と。

答えはシンプルだった。

【回答。個体名マーリンの魔力があれば問題ありません】

そうか。そうなのか。

俺は思わずニヤッと笑ってしまった。

視線を再びソフィアへ戻す。彼女の肩に触れ、優しい声で言った。

「ソフィア、聞いてくれ」

ソフィアが顔を上げる。

「俺は聖属性魔法が使える。高位の浄化もできる……はずだ」

「ま、マーリン様が?」

ソフィアは驚いていた。涙がピタリと止まり、ジッと俺の顔を見つめている。

聖属性魔法の件は彼女も知っている。最初に出会った時に、治癒の力として見せた。けど、まさか浄化まで使えるとは思ってもいなかったのだろう。

ルビーのように赤い瞳が、わずかな希望を帯びて輝いた。

「確実に治せる保証はない。それでも、俺に君の姉を託してくれるかい?」

「………わ、私は……いつでも、マーリン様のことを信じています」

か細い声でソフィアが答えた。

「たとえ失敗したとしても恨みません。どうなっても私は……マーリン様に感謝します。だから、どうか……お姉ちゃんを助けてください!」

止まっていた涙がまた流れる。ぼろぼろと地面に落ちて小さなシミを作る。

ソフィアは俺の服を摑《つか》み、しわができるほどに力を込めた。

必死だ。そりゃそうだ。実の姉の命がかかっている。俺も真面目に、真剣に、真摯《しんし》に彼女へ言葉を返す。

「ありがとう、ソフィア。俺にできることは全てやる。あとは……祈っててくれ」

ソフィアの手を取り、お互いに立ち上がる。

何かあった時のためにノイズも連れてソフィアの家に向かった。

今は一刻を争う。

五章 パーティーを組もう

ノイズを連れてソフィアの自宅へ向かう。

今、彼女の姉は生死の狭間を彷徨《さまよ》っている。現状、ソフィアの姉を救えるのは、セニヨンの町に俺しかいない。

息を切らせながらもどうにか彼女は自宅まで走り切った。

「こ、ここですっ！」

ソフィアを追いかけてやって来たのは、セニヨンの町の東区。その一角だ。

外壁にほど近い場所に彼女の家はあった。

ずいぶんと年季の入った家。こう言うのは失礼に値するが、雨風をギリギリ防げるくらいのボロ家。今にも壊れてしまいそうな雰囲気を醸す家屋こそが、ソフィアたちの家だった。

しかし、周りを見渡しても似たような建物が多い。この辺りはお金が心許ない貧民が利用する区画なのだろう。

「お姉さんの元へ案内してくれ、ソフィア」

「はい！」

息を整える時間すら惜しい。

俺は急くように彼女を歩かせ、家の中へ入った。すると、一番奥の部屋にソフィアの姉がいた。

「そふぃ……あ？」

「お姉ちゃん！」

扉を開けると、これまたボロボロの室内にぽつんと小さなベッドが一つ。そこで横になっているのは、ソフィアによく似た金髪の女性。

一目で分かった。彼女はもう限界だ。

痩せこけた頬に青みがかった顔。声は掠《かす》れ、首を横に回すだけでも辛《つら》そうだった。

死んでいるようなもの。そんな雰囲気が彼女から出ている。ソフィアが泣きじゃくりながら助けを求めに彷徨ったわけも理解できた。

そのソフィアは、弾《はじ》かれたように走り出した。姉のそばに寄り、涙を滲《にじ》ませながら声をかける。

「もう……もう心配いらないよ、お姉ちゃん！　聖属性魔法が使える人を連れてきたから！」

「ソフィア……いい、の」

彼女の姉は、ソフィアの努力を否定した。

瞳には生気がない。

「わたし、は……長く、ない。きっと、あなた、に……迷惑、を……かける、から」

「だから死にたいって言うの？　ダメだよ！　そんなの」

とうとう泣きながらソフィアは姉を叱責する。

俺も彼女の隣に並ぶ。

「そうですよ、お姉さん。小さな妹をたった一人でこの世に残すつもりですか」

悲しいことを言わないでほしい。

確かに病の浄化は高位の神官でもなければできないらしいが、俺は神と自らのステータスを信じる。

きっと上手《うま》くいくはずだ。絶対に彼女を助けたい。

俺は目の前の不条理を歪めてでも救う。ソフィアのために。

「あなた……は……」

「妹さんの知り合いですよ。神官ではありませんが、あなたを治しに来ました。諦めないでください。病は気から。生きる意志を捨てないかぎり死にません！」

本当はそんなことない。死ぬ可能性のほうが高い。

だが、今は、今だけは。ソフィアのために生きると言ってほしかった。

「わたし、は……生き、たい」

俺が魔力を練り上げる中、ソフィアの姉はゆっくりと手を伸ばした。

わずかな動作でさえ苦しみを伴うはずなのに、それでもソフィアに向けて手を伸ばしていた。

枯れ枝のごとき右手が、ソフィアの頬を優しく撫《な》でる。

ぽろぽろと彼女の双眸《そうぼう》から涙が零《こぼ》れた。

「まだ……死にたく、ない、よぉ……ソフィア、を……守り、たい」

全身に熱が巡る。血管が浮き出ているんじゃないかと錯覚した。それほど、俺の心は興奮する。

頭に血が上っていく。激情が思考を塗り替える。

必ず助ける。救わなくちゃいけない。それだけが頭の中を完全に埋め尽くした。

両手を彼女の前に突き出す。

「そうですね。死ぬにはあまりにも早すぎる」

イメージしろ。魔法の構築に最も必要なのはイメージだ。

治癒魔法は体が元通りになるイメージが大事だった。癒やすという結果に重点を置いた。

しかし、病の場合は目に見えて異常があるわけじゃない。問題は対象の体内だ。

治癒とは異なるイメージ……即ち、回復にある。

体内の悪しき病原菌を消し去る抗生物質のようなイメージを浮かべて、俺は全力で魔法を発動した。

今のレベルで通用しないなら封印を解除するまで。

そう覚悟を決めて魔力を放出し、聖属性魔法をソフィアの姉に巡らせていった。

彼女の体が発光する。

「お姉ちゃん！」

ソフィアが姉の手を握り締めた。祈るように瞼《まぶた》を閉じる。

俺もまた、柄にもなく神へ祈った。どうかこの少女たちに生きる希望を与えてくれ、と。

そうして一秒が永遠にも感じられる中、どれだけの時間が経過したのか。

気付けば光が弱まり、——むくりとソフィアの姉が起き上がった。

「う、嘘《うそ》……あれだけ苦しくて重かった体が……治ってる⁉」

口調に違和感はなかった。軽やかな口ぶりで話し、表情も悪くない。しいて言うなら痩せこけた肉までは元通りにならなかった。まあ、これぱっかりは病原菌のせいじゃないしな。

だが、治った。治ったのだ。

「お姉、ちゃん……」

「ごめんね、ソフィア。お姉ちゃん、迷惑ばかりかけて……」

「ううん！　そんなことない！　私のほうこそ、いっつもお姉ちゃんを頼って……」

瞼を開けたソフィアも奇跡を見る。あれだけ苦しそうにしていた姉が優しく微笑《ほほえ》んでいた。

もう無理だ。限界だ。

ソフィアはがばっと姉を抱き締め、盛大に涙を流す。

いろいろと話したいこともあるだろうし、俺はちらりと背後を見た。そこには俺と同じように喜ぶノイズの姿がある。彼女に、

「俺たちは外に出ていようか」

と小さく言って、頷《うなず》いたノイズと共にこっそりと家を出る。

空はすっかり茜色に染まっていた。普段ならもの悲しさを覚える夕陽だが、今だけは違う。妙に晴れ渡って見えた。

「よかったですね、彼女。病気も治って」

「うん。初めて浄化ってやつを使ったけど、上手くいってよかったよ」

「さすがです、マーリンさんは。浄化まで使えるなんて。どこかで神官でも務めていたんですか？」

「まさか。俺は単なる旅人さ。聖職者じゃないよ」

「単なる旅人……」

うーん、とノイズは首を傾《かし》げた。

自分でも変なこと言ってる自覚はある。希少とされる聖属性魔法に、高位の浄化が使え、ドワーフ族が得意とする武器の製作に付与。さらに高い身体能力まで持っているとなると……まあ疑わしいよね。

でも、俺は本当に生まれたての旅人だ。それ以外で自分を示す言葉を知らない。

「マーリンさんはどちらかというと、容姿もあって神様みたいですけどね」

「ぶっ」

ノイズの言葉にたまらず俺は吹き出した。

「か、神様……ちょっと外見が似ているだけじゃないか」

「いえいえ。確かに外見は神様のようですが、他にも要因はありますよ」

「要因？」

「マーリンさんはノイズたちを助けてくれました。困っているノイズに手を差し伸べて、武器を作ってくれた。彼女……ソフィアさんでしたっけ？　ソフィアさんのお姉さんも病から回復させました。まさに神のような優しさです」

「神のような優しさ……か」

あまりにも大袈裟《おおげさ》すぎて反応に困った。

俺はただみんなを、困ってる人を助けたいと思っただけだ。そこには善意以外の何もない。

善意は人間が持つ意思だ。世の中には邪悪な人間もいれば清い人間もいる。それだけのことに過ぎない。

「それに、マーリンさんはノイズやソフィアさん、亜人に優しいです。普通はみんな嫌ってもいいくらいなのに」

「それは……そうだね。セニヨンの町に滞在してみて、ノイズたちがどんな悪意に晒《さら》されているのか少しは理解したよ。でも、俺が住んでいた地域には亜人と呼ばれる人がいなかったんだ。いなければ差別意識も何もない。だから平然と手を差し伸べられるのかも」

「理由はなんでもいいんです。ノイズたちが嬉《うれ》しい、それを知ってもらえれば」

「本当に、ノイズは大袈裟だなぁ」

まるで俺を聖人か何かと勘違いしている。

神様と言われるのは嫌だが、同時に嬉しくもあった。むず痒《がゆ》いってこんな気持ちなんだろうなぁ。

俺が複雑な気持ちを抱いていると、少しして後ろから足音が聞こえてきた。

おそらくソフィアだろう。ゆっくりと玄関扉が開いた。

「マーリン様！　ノイズさん！　すみません、お二人に配慮してもらって」

扉を開けたソフィアは、目元をやや赤くしていた。彼女のルビーみたいな瞳に似ている。

相当泣いたと見える。今もずずっと鼻をすすっていた。

俺はにこりと笑って首を横に振る。

「ううん、別に気にしないでいいよ。せっかくの家族水入らずだ、むしろ俺たちは帰るよ。今日は二人きりで話すといい」

「だ、ダメです！　まだ、お姉ちゃんがお礼を言えてません！」

歩き出そうとした俺の腕を、ソフィアがっしりと摑《つか》んで止めた。

「お、お姉さん？」

「はい！　お姉ちゃんは今すぐお礼が言いたいと言ってました！　どうか、もう少しだけ私たちに時間をください！」

「……そう言われたら、断るわけにはいかないね」

俺は苦笑しながらも踵《きびす》を返す。再びノイズを連れてソフィアの家の中に入った。

床板を軋《きし》ませながら奥の部屋に戻ると、依然、ベッドの上で座るソフィアの姉が俺の顔を見る。

「先ほどはお礼も言わずに申し訳ありませんでした。あなたがソフィアの話していたマーリン様ですね」

「敬称はいりませんよ」

「ふふ、ソフィアから聞いた通りの人ですね。ですが呼ばせてください。私はマーリン様に多大な恩がありますから」

くすりとソフィアの姉が小さく笑う。

よかった。治った直後も調子はよさそうだ。少なくとも苦しそうには見えない。

「この度は本当にありがとうございました。ソフィアの願いを聞いてくれて。私を助けてくれて……心の底から感謝します」

バッとソフィアの姉は頭を下げた。深々と、強く誠意を示している。

「お気になさらず。俺がソフィアに手を貸したいと思っただけですから。それに、顔を上げてください。まだ治ったばかりで安静にしないと」

「マーリン様……重ね重ねありがとうございます」

どこか申し訳なさそうな顔を作ってソフィアの姉は顔を上げる。その後、すぐに横になった。

「じゃあお礼も聞いたし、俺とノイズは先に——」

くぅぅぅぅっっ。

言葉の途中、大きな腹の音が鳴った。音の発生源はベッド。つまり、ソフィアの姉だった。

「………………」

ソフィアの姉は顔を真っ赤にする。今にも火を噴き出しそうなほど恥ずかしがっていた。だよね。俺もこんな状況で腹が鳴ったら恥ずかしくて自殺したくなるかもしれない。しかも俺という異性がいる。

けど無理もなかった。ソフィアの姉は顔を見れば分かる通り、かなりひもじい思いをしてきたんだろう。おまけに体調不良でまともに食事も取れていないはずだ。

普段なら聞こえていないフリをするところだったが、さすがにスルーはできない。

頬をかきながら、俺は提案した。

「お暇《いとま》する前に……みんなで食事でもしようか。ソフィアのお姉さんも、食べないと体がまた悪くなるかもしれないし」

「～～～！」

がばっ。

ソフィアの姉は勢いよく布団を被った。

ごめんね。でも、食事は本当に生きる上では欠かせない要素だから。

「でしたら、私が買い出しを……」

「ううん。今はお姉さんのそばにいてあげなよ。俺とノイズ……はどうする？　もう帰ったほうがいいんじゃない？」

「水臭いこと言わないでください！　ノイズも荷物くらい持てますよ！」

「ありがとう、ノイズ。――ということで俺たちは買い出しに行ってくるね。栄養がありそうなものをたくさん買ってくるから」

有無を言わさず俺たちはソフィアの家から飛び出した。

お姉さんも熱を冷ます時間が必要だろう。幸いにも今の俺たちには金がある。肉とかも買っていかないとね。さすがに、元病人には食べさせないけど。

「いやぁ、二人には何を買ってあげるべきかな？」

「フルーツや野菜系がいいとノイズは思います！　もちろん一番はお肉ですけどね！」

「ソフィアはともかくお姉さんには重たいよ……」

さすがビースト族。肉を好むのは外見通りか。

俺はノイズのオススメの店を回りながら、大量の食材をインベントリの中に突っ込んだ。

どうせなら俺が前世の料理を再現するのも悪くないな。作れる物もあるだろうし。

なんだか俺たちまで楽しくなってきた。

▼△▼

「ただいま」

ノイズと共に買い物を済ませてソフィアの家に戻る。

もうソフィアの姉は顔色が戻っていた。やや恥ずかしさは残っているのか、俺と目を合わせようとはしない。

そのことに内心でくすりと笑いながらも、インベントリから大量の食材を取り出す。

「おかえりなさい、マーリン様、ノイズさん」

「ひとまずすぐに食べられる物もあるから、先にそれを摘まみながら待っててよ。俺が料理を作るから」

「え？　マーリン様は料理が作れるんですか？」

「簡単な物ならね」

料理していた記憶は無いが、レシピは憶えている。包丁と食材さえあればまあ作れないことはない。

ソフィアに許可をもらって台所に立つ。

周囲を見渡すと、今にも崩れてしまいそうなほど壁は薄くボロボロだった。

せっかくソフィアの姉が回復したというのに、いつまでもこんな所に住まわせておくのはなんだか忍びないな。衛生的にも悪いし、できればどこか……宿にでも引っ越してほしい。

確か俺とノイズが泊まってる宿には、空き部屋があったはずだ。最近、数人出ていったから覚えている。

あの宿ならかなり安い。相応にボロいが、ここよりよっぽどマシだろう。

料理を作り終わったら相談してみるか。

「とりあえずさっさと作らないとな。残念ながら前世の料理は一つくらいしか再現できなさそうだが……」

卵でもあればいろいろな料理が作れるんだが、セニヨンの町では高級品らしい。

ゆえに、俺が作るのは豚肉と牛肉を使った――ハンバーグだ。

挽肉《ひきにく》なら簡単にできる。ミンサーとか欲しいけど、もちろんこの世界には存在しない。

そのうち前世の知識を使ってそういう道具を作るのもアリだな。剣が作れたんだ、ミンサーくらいちょちょいのちょいだろ。

肉を風魔法を使ってミンチにしていく。神様から聞いた話だと、俺はあらゆる魔法に適性を持っていて、あらゆる魔法を使うことができるらしい。

実際に風魔法を使ってみたが、意外と簡単だな。普段は聖属性魔法のほうが汎用性高くて助かるけど、聖属性魔法では肉をミンチにすることはできない。あらゆる魔法が使えるって素晴らしい。

その後も、魔法で野菜を刻んだり、加熱したりであっという間に下ごしらえが終わったので、形を整えて肉を焼くだけ。フライパンに先ほどソニアを治した浄化を使い、汚れなどを落とす。火はインベントリに入れておいた木材を使って熾《おこ》し、ダイナミックに焼いていく。

うーん、やっぱり前世のコンロとは勝手が違って難しいなぁ。ガスコンロが欲しくなる。

苦戦しながらも、なんとか焼き終えた。

ソフィアの姉を含めた四人分のハンバーグを作り、皿に盛ってみんなの下《もと》へ。最初は肉を食べさせる気はなかったが、一人だけ仲間外れは可哀想だ。

みんなのに比べて半分ほどのサイズだが、それで我慢してくれ。

トマトを使った即席のケチャップも作り、それをハンバーグにかけてテーブルの上に並べた。

「これは……肉の塊？」

俺以外の三人が、ハンバーグを見て首を傾げた。

どうやらハンバーグを見たことはないらしい。

「料理の名前はハンバーグだよ。俺の故郷ではよく作られていた料理なんだ」

「いい匂いがしますね……お、お腹が鳴りそうです……」

「あはは。じゃあお腹が鳴る前に食べようか」

ソフィアが顔を赤くする。釣られて彼女の姉も顔を赤くしたが、俺は気付かないフリをしてテーブルの前に座った。

フォークを持ち、購入しておいたナイフも全員分出す。この家には最低限の食器しかなかったから買っておいてよかった。

「いただきます、と」

俺以外の三人に食事前の作法はない。まあ俺のも作法というか単なる感謝に過ぎないが。

先に三人がハンバーグを食べるのを見守った。料理を作った身からすると、美味《おい》しいかどうかは重要だ。

ドキドキしながら三人を見つめ、三人はほぼ同時にハンバーグを食べた。

「――お、美味しい⁉」

三人とも同じ反応を見せる。瞳を輝かせ、バッと俺のほうを向いた。

「肉厚で、それでいて食べやすい味がします！」

「ノイズ、これ好きですよ！」

「ひ、久しぶりの……お肉……」

ソフィアとノイズはともかく、ソフィアの姉は泣いていた。

療養生活は苦しかったよね。肉どころかまともに食事ができなかったんだもん。そりゃ泣くか。

俺はホッとしつつも笑った。

「それは何よりだ。ささ、もっと食べてくれ。足りないなら作るからさ。ただし、ソフィアのお姉さんはダメだよ。まだ病み上がりなんだから」

「ソニアです」

「え？」

ぽつりと、涙を拭きながらソフィアの姉が言った。

「私の名前はソニア。そう、呼んでください」

「ソニア……さんか。了解」

「さんはいりませんよ。ソニアと呼んでください」

「でも、歳もそんなに変わらないんじゃ……」

「うふふ。女性に年齢のことを言うのはダメですよ～？」

「ひっ⁉」

な、なんだ今の？　ソニアの笑みから威圧感みたいなものを感じた。

顔は笑ってるのに目は笑ってないやつだ。

俺はこくこくと急いで頷いた。これ以上はまずいと本能が警鐘を鳴らす。

「は、はい！　何も言ってませんよ？」

「ありがとうございます、マーリン様」

ソニアから威圧感が消えた。食事を再開する。

危なかったな……ソフィアがもの凄《すご》く癒やし系で可愛いから忘れていたが、確かに女性に年齢云々《うんぬん》を聞くのは間違っている。それで言うと、ソニアは大人っぽくてちょっと怖い印象がある。

でも、この和気あいあいとした空気は嫌いじゃない。

「マーリンさん！　ノイズはおかわりがしたいのです！」

「わ、私も……食べ終わったらもう一ついいですか？」

「構わないよ。たくさん食べてね」

嬉々《きき》として皿を差し出すノイズに、やや恥ずかしそうなソフィア。

俺はにっこり笑って席を立った。再び、ハンバーグを作り始める。

ソフィアの家はスペースが狭いこともあって、俺が台所に立ってもみんなの声が聞こえる。だから、急に始まったソニアの話にも耳を傾けていた。

「――え？　お、お姉ちゃん本当に？」

「うん。私、冒険者に復帰するわ。もっと肉を付けてからになるけどね」

「ソニアさんは冒険者だったんですか？」

何も知らないノイズが暢気《のんき》に訊《たず》ねた。

「そうですよ。ノイズさんが冒険者になる前のことだと思うから、知らなくても無理はありませんね」

「へぇ……じゃあ同僚ですね！」

「で、でも、いくらなんでも危険すぎるよ」

「その危険な仕事を妹だけにさせて私は楽をしろって言うの？」

「それは……」

ソフィアは痛いところを突かれてしまった。妹が冒険者をやっているのに、姉であるソニアが家でジッとしていろ――というのは無理がある。彼女たちほど姉妹仲がよければ尚更ね。

「大丈夫よ、ソフィア。もう無理はしない。今はアナタもいるもの」

「お姉ちゃん……」

「だったら俺から提案をいいかな？」

ハンバーグの載った皿を二つ用意した俺が、おもむろに会話に混ざる。

「提案、ですか？」

「難しい話じゃないよ。ただ、どうせ冒険者に戻るなら……俺たちとパーティーを組まない？　俺、ノイズ、ソフィア、ソニアの四人パーティーだ」

「えぇ⁉」

これにはソニアだけじゃない、妹のソフィアも驚きを隠せなかった。

ノイズは最初から俺がそう提案するのが分かっていたのか、ハンバーグを受け取って無言で食べている。

文句はないってことだ。

「そんな……ただでさえマーリン様には恩があるのに、これ以上迷惑をかけるわけには……」

「むしろ恩があるからこそ俺たちに手を貸してほしいんだよ」

「手を……貸す？」

「ソニアがどんな冒険者だったのかは知らないけど、ソフィアには薬草の知識がある。それは俺にもノイズにもないものだ。第一、今後のことを考えるなら、二人より四人のほうが効率も安全性も増すだろう？　俺たちにも悪い話じゃない」

神様によると、エルフ族は魔法に優れた一族だとも聞いている。今後、二人から魔法の話をいろいろ聞けるかもしれない。

それに、魔法が使える仲間が増えればノイズも助かる。俺が魔法を使うとやりすぎちゃう可能性もあるし。

「うーん……」

「悩んでるね、ソニア」

二人はすぐには承諾しなかった。俺のことを考えて頭を悩ませている。

「二人を助けたいって思いはもちろんあるよ。せっかくの縁だしね。けど、それだけじゃない。俺が、二人と一緒にいたいんだ」

「マーリン様……」

俺の一言で姉妹の覚悟も決まる。

二人で見つめ合ったのち、俺の顔に視線を移して、深々と頭を下げた。土下座する勢いで二人は誠意を見せる。

「マーリン様のお言葉に甘えさせてもらいます！」

「どうか、よろしくお願いします！」

ソニア、ソフィアが続けざまに言った。

俺は頷き、

「こちらこそよろしく。ああそうだ。別に敬語はいらないからね。好きに、喋《しゃべ》りやすいようにしてくれ」

これで俺の仲間が増えた。

ノイズにソフィアにソニア。ヒューマンは俺一人だけど、ずいぶん賑《にぎ》やかなパーティーになったな。

ついでに、彼女たちには引っ越しをオススメしておいた。

最初は渋ったが、パーティーメンバーはなるべく近くにいるべきだと俺が説得し、同じ宿に泊まることになった。

お金はパーティーで共有するものとし、ソニアの体が健康になったら冒険を始めることにする。

閑話　ソフィアの神様

ソフィアの人生は地獄だった。

決して生まれた時から悲惨だったわけではないが、人生の転機とは唐突に訪れるもの。彼女の場合は、それが数年前のことだった。

ある日、多くのエルフが集まって作られた集落に住んでいたエルフ族のソフィアとソニアは、集落中に響き渡る悲鳴を聞いた。

あっという間の出来事だ。

集落の中に魔物が現れた。

魔物は多くのエルフに襲い掛かり、抵抗も虚しくその命を奪っていった。

目の前で殺される知り合いたち。それを見たソフィアとソニアは、悲鳴を洩《も》らしながらも急いで自宅に帰った。このままでは自分たちも殺されると。

結果的に自宅にいた両親と合流し、父母娘の四人で集落を脱出する。

集落に侵入した魔物の数は不明だが、集落中あちこちから悲鳴が上がっていた。そこから導き出される答えは、少なくとも十を超える数の大軍だ。

ソフィアたちは無我夢中で逃げた。他の仲間たちのことなど頭の中から抜けていた。ただ自分たちが生き残るための選択肢を取る。

しかし、魔物はソフィアたちの行く手を阻む。数体の危険種が目の前で牙を剝《む》き出しにする姿を見て、幼いソフィアとソニアは強い恐怖を抱いた。

「ソニア、ソフィア！　二人は先に行くんだ！　ここは私たちに任せなさい！」

父が勇敢な声でそう言った。自分一人では足止めすらできないが、母親と協力すればギリギリ二人を逃がすことくらいはできる。

母親も決死の表情で二人の背中を押す。

当然、ソフィアもソニアもそんな決断を認めることはできなかった。両親を見捨てて自分たちだけ逃げるなどありえない。

だが、両親はどうしても二人に生きてほしかった。娘たちだけは、命を賭《と》してでも逃がすべきだと考えた。

大きな声で逃げるよう何度も言われ、母親からも生きてほしいと願われ……じりじりと距離を詰めてくる魔物を見て、ソフィアたちは従うことに決めた。

両親ならきっと魔物から逃げ延びて合流することができるだろうと。

戦闘が始まり、吹き飛ばされた魔物の隙間を縫ってソフィアたちは走った。背後から聞こえてくる騒音に震えながらも、無我夢中で走った。

気付けば戦闘音は聞こえなくなり、ソフィアもソニアも涙を流しながら走っていた。

「お父さん……！　お母さん……！」

幼い二人には分かっていた。両親が魔物に殺されてしまったということが。

エルフ族は元々魔法を得意とする種族だが、誰しもが強いわけじゃない。むしろソフィアたちの集落に集まっていたエルフはかなり弱い部類だ。防衛に重きを置いて平穏な日々を享受していた者たちだ。

それが何かしらの被害を受けて壊滅状況に陥れば、あとは魔物に食い殺されるのが運命。

そんなこと、ソフィアたちだって知っていた。だから泣いた。

優しい両親。最期まで自分たちのことを考えて行動した。二人の顔には、何ら不安などなかった。ソフィアたちを逃がすことができて安堵《あんど》すら抱いていた。

逃げ去る直前に見えた両親の顔を思い出し、ソフィアもソニアも涙が止まらない。

どうして！　どうして自分たちはこんなにも不幸な目に遭うのか。

一時は神すら恨んだ二人だが、両親が繋《つな》いでくれた命を消さないよう、今度はソニアがソフィアを守ることに決めた。

魔物に対する激しい憎悪を胸に、彼女はソフィアを連れて一番近くにあったヒューマンの治める町に足を踏み入れる。

セニヨンの町での生活は地獄のようだった。

魔物に食い殺される恐怖に比べればぬるいが、それでも世間は亜人である二人に厳しい。

町中を歩いているだけで不当な暴力を振るわれ、買い物をしようとしても物を売ってくれない人もいた。

宿は金がなく泊まれない。金を稼ぐために冒険者になったが、両親から去年の誕生日にプレゼントしてもらった武器だけでは魔物と戦うには心もとない。だが、他の武器を買うこともできない。

ソニアは苦悩した。まだ幼いソフィアを守るには金がいることに。

私しかいない。ソフィアを守れるのは私しかいない。

それだけを考え、血が滲《にじ》む思いで外へ出た。泣きじゃくるソフィアを宥《なだ》めながらも、魔物と戦う道を選んだ。

そこからは怒涛《どとう》の日々だった。

傷付き、傷付け、なんとかお金を稼ぎ、ソフィアを養う。ボロボロになって帰ってくる姉をソフィアは何度も止めたし、何度も手伝うと言った。

しかし、ソニアは全て断った。両親の代わりに自分がソフィアを守らなきゃいけない。死んだ両親に誓った約束を、彼女は命を懸けて守ろうとしていた。

結果的にソニアは、弱った体につけ込んだ病原菌にやられ、ベッドの上での生活を余儀なくされる。

そこからが、ソフィアの地獄の始まり。

姉の代わりに金を稼ぐ日々。姉と同じ冒険者になり、差別や暴力、暴言などに晒《さら》される日々。

ソニアがいかに頑張っていたのかを痛感しながらも、戦う力がない彼女は必死に薬草を集めた。

魔物の気配に怯《おび》え。ヒューマンの気配に怯え。徐々に反応も弱くなっていく姉の様子に怯え。ソフィアは心身共に弱っていった。

いっそ死んでしまえばどれだけ楽なのか。

そう考える日が増えていく。

できれば楽に死にたい。けど姉を残して先に死ねない。

相反する気持ちが激突し、さらに彼女の精神を蝕《むしば》む中……ついに、新たな転機が訪れる。

それは紛れもない希望だった。

「神……様？」

ソフィアはマーリンという魔法使いと出会った。

彼は魔法使いと言うにはあまりにも身体能力が高すぎたが、マーリンとの出会いがソフィアの運命を大きく変えた。

まず、彼は亜人に対する差別意識がまったくなかったのだ。

エルフ族だと知っても屈託のない笑みを見せ、頭を撫《な》でてくれて、優しくしてくれる。

滅多に感じない人の温もりに、ソフィアは酔っていた。

さらにマーリンのおかげでそこそこの大金を得ることができた。これだけでも充分すぎるほどに感謝すべきことだ。

けど、マーリンは最後の最後で一番の不安を拭ってくれた。

姉の病気だ。

聖属性魔法が使えるマーリンは、選ばれた人間にしか使えないと言われる浄化を使い、完治不可能だったソニアの病を治したのだ。

起き上がり、平然と喋《しゃべ》る姉の姿を見て……ソフィアは久しぶりに心の底から泣いた。それはいつぶりかの、喜びの涙だった。

「マーリン様……ありがとうございます」

少なくともソフィアとソニアにとってマーリンは、まぎれもない神様。

自分たちを暗闇から引っ張り出してくれた光だった。

その日からソフィアは祈る。

一人はマーリン。もう一人は、マーリンと出会わせてくれた神様に。

六章　女王蜘蛛

「マーリン様〜！」

ソフィアの姉ソニアを治してから一週間。

充分に療養したというソニアの願いを聞き届け、俺とノイズは宿の前で二人の姉妹と待ち合わせしていた。

入り口から出てきた同じ金色髪の女性二人は、ひらひらと手を振りながら俺たちに近付いてくる。

「お待たせしました、マーリン様、ノイズさん」

「俺たちもついさっき集まったところだよ」

「全然待ってません！」

俺とノイズもひらひらと手を振って挨拶する。

この場にいる俺、ノイズ、ソフィア、ソニアの四人は全員が同じ宿に泊まっている。

さらにこれから俺たちは、ソニアのリハビリを手伝うべく、四人で冒険者としてセニヨンの町の外に向かう予定だ。その前にまずは、ソニアの冒険者再登録をしに行かなくちゃいけないけど。

冒険者はランクごとに設けられた一定期間依頼を請けないと、その資格が剥奪《はくだつ》されるらしい。当時ソニアは、下から二番目の《三級冒険者》だったらしいから、とっくの昔に資格が剥奪されている。

冒険者カードの再発行には銀貨三枚ほどが必要で、等級も最低ランクの四級からスタートになる。

だが、ソニアとしてはこの場にいる全員が四級なので特に気にした様子はなかった。

まあ、俺とノイズ……少なくともノイズはすぐに三級冒険者になりそうだけど。彼女、三級危険種のガルムをソロで討伐してるからね。冒険者の等級っていうのは基本的に、同じ等級の敵を倒せるかどうかが基準となっている。それで言うとノイズはすでに条件を満たしていた。

だが、亜人ということもあって簡単にランクを上げてもらえないかもしれない――とは、亜人に偏見を持たないナタリーさんの言葉だ。つくづく腐ってやがるよ、この世界は。

「ささ、全員集まったなら行きましょう！　これから楽しい冒険の始まりです！」

ノイズが右手を振り上げて歩き出した。目指すは西区のほうにある冒険者ギルドだ。

その背中を俺たちも追いかけていく。


しばらくして冒険者ギルドに到着した。

大きな二枚扉を開けて中に入ると、少しして周りにいた冒険者たちが、ソニアを見て驚きの声を発する。

「お、おい。あれってソニアじゃないか？」

「はぁ？　アイツ、病に倒れてたはずだろ」

「回復したのか？　重病だって聞いてたのに」

「それよりあの男の周りを見ろよ。亜人だらけだぜ」

「エルフにビースト……けっ、気持ち悪ぃ」

ひそひそと全然隠せていない陰口だ。もはやただの暴言である。

俺は実に不愉快な気持ちになったが、彼女たちを連れて行けばどうなるのかくらい予想はしていた。本当は一発殴ってやりたかったが我慢する。俺が彼らを殴れば、下手すれば殺してしまう可能性があるからだ。

それより、実際に心無い言葉を投げられているソフィアたちが心配になる。ちらりと彼女たちを見ると、

「今日は何を請けましょうか」

「私、討伐依頼が請けたいですね」

「採取依頼がいいなぁ」

ノイズもソニアもソフィアも案外けろっとしていた。特に気にした様子はない。

どうやら俺が一人過剰に反応しているだけで、本人たちはもう割り切っているっぽいな。

よかった。これなら彼女たちが悲しむことはない。万が一にも悲しむことがあったら、その時は俺が暴れるかもしれないが。

ホッと胸を撫《な》で下ろし、三人と共に掲示板のほうへ。そこでも嫌な言葉を吐かれるが、俺たちは全員がスルーして張り出された依頼書を確認する。

「採取依頼はあるね。討伐依頼も……いや、あんまりないか、討伐依頼は」

見たとこ採取依頼が増えて魔物の討伐依頼は減っている印象を受けた。

ソフィアたちも同意を示す。

「そのようですね。最近魔物の発見報告が減ってるというのは本当だったんだ……」

「うぅ……前にマーリンさんと一緒に外へ出た時も全然いませんでしたぁ。この辺りの魔物は数が多いことで有名なのに」

「どうする？　リハビリがてら私は魔物と戦いたいんだけど……」

「俺もソニアがどれだけ動けるか見ておきたいし、みんなの意見を参考にするなら採取も討伐もどっちも受けておいたほうがいいよね」

俺とソフィアは戦闘はあまり好きじゃない。だが、反対にノイズとソニアは魔物の討伐に強いこだわりがある。

ノイズは戦うことが好きなビースト族らしいと言えばらしい。ソニアは魔物討伐のほうが手っ取り早く稼げるからと金に執着していた。これもまた、彼女の境遇を考えれば当然だろう。

ちょうど半々に意見が分かれているのだ、どちらも選ぶほうがより効率がいい。四人もいるんだしね。

「ではアレとアレを請けて――」

バァァアンッッッ!!

ソニアの言葉の途中で、冒険者ギルドの扉が勢いよく開かれた。

全員の視線がそちらへ注がれる。

入ってきたのは、ボロボロになった集団。先頭の宍色髪《ししいろ》の男性が、、血塗《ちまみ》れの女性を背負っていた。

「た、助けてくれ！　早くポーションを！　ポーションをくれ！」

傷付いた白髪の女性を床に置き、宍色髪の男性が大きな声で叫んだ。。

ざわざわと冒険者ギルド内が騒がしくなる。受付にいた女性職員が真っ先に男性へ近付いた。

「何があったんですか⁉」

「あ、アラニアだ。あのクソ野郎にやられた！」

「あ、アラニア？　前に報告のあった魔物ですね……」

「ああ。それも大群だ。間違いなく……アラクネがこの町の近くに現れたんだ！」

宍髪の男性の絶叫に、今度は冒険者ギルド内が静まり返る。

誰も、何も言葉にできなかった。

「アラニア？　それに……アラクネ？」

唯一、どちらの名前も聞き覚えがない俺が小さく声を洩《も》らした。拾ったのは隣にいるソニアだ。

「マーリン様はご存じありませんか？　三級危険種アラニアと、二級危険種アラクネを」

「全然。片方が蜘蛛《くも》の魔物ってことくらいは分かるけど……」

アラクネは神話にも登場する化け物だ。確か上半身が女性、下半身が蜘蛛の生き物だよね？

アラニアのほうはまったく記憶にない。

「アラニアも蜘蛛の魔物ですよ。アラクネが生み出す子供のような存在です」

「なるほどね。それがどうしてあんな緊迫した空気になるの？」

「大量のアラニアが現れたということは、アラクネがいるということ。アラクネが生み出すアラニアの数は百にも及ぶらしいです」

「ひゃ、百？」

現実味のない数字に俺は目をぱちくりと開閉させた。

「三級危険種は中堅と呼ばれる冒険者が挑むような魔物。それが百体も現れればどうなるか……高位の冒険者がいないセニヨンの町は、ほぼ確実に滅ぼされますね」

「そんな……！」

緊急事態だ。冒険者どころか町一つが滅ぶかもしれない事態とソフィアに言われて、俺もようやく事の重大さが理解できた。

奥の部屋からさらに複数の男性職員がやって来る。

「ポーションを持ってこい！　早く！」

部下に指示を出しながら治癒用のポーションをかき集めてボロボロになった冒険者に使う。

しかし……。

「き、傷が深すぎる！　今冒険者ギルドにあるポーションでは治すことができない……」

「なっ⁉」

アラニアという魔物に襲われた冒険者の大半は、傷を治すことができた。だが、唯一、リーダーと思われる男性に背負われていた白髪の女性冒険者だけがダメだった。傷口が大きく、また致命傷に達しているため、単なるポーションでは効きが弱い。

「教会から神官様を呼んでくるしかないぞ。神官様でも治せるかどうかは分からないが……」

「聖属性魔法が使えるなら治せるはずだ。けど、報酬が高額すぎる……だが、致命傷を負ったコイツを救えるほどの力を持った奴なんて……」

空気が悪くなる。すっかりお通夜ムードだった。

「────！」

寝かされていた白髪の女性冒険者が、急に体を震わせる。口からぶくぶくと泡を吹き始めた。

「まずい！　アラニアの毒か！　解毒ポーションは⁉」

「そ、それが……昨日、他の冒険者に使って在庫がありません……」

「くっ！　たとえ傷を治せたとしても、毒が残っていては……！」

「俺が治しましょう」

彼らの話に割って入る。

もう見ているだけではいられない。

俺の顔……というより服装やフードに見覚えがあるのか、リーダーと思われる男性冒険者は驚愕《きょうがく》に目を見開いた。

「お、お前は……」

続いて後ろに並ぶ亜人を見て、やや顔をしかめる。

嫌悪感……ではないな。この人も亜人に対する偏見を持っているのだろう。亜人が何かするかもしれないという警戒心が見えた。

だが俺には関係ない。

膝を床につけ、患者の容体を窺《うかが》う。

倒れた女性は口から泡を吹き体が震えている。出血もポーションでやや弱まっているが止まっているわけじゃない。

毒も考慮するとあと数分くらいで彼女は死ぬだろう。俺にできることをやる。

まずは毒だ。出血は勢いが弱まっている。放置してもすぐには死なない。だが、毒は下手すると一分後には彼女を殺すかもしれない。

聖属性魔法の浄化を発動した。

「マーリン様、私たちも手を貸すわ」

ソニアがソフィアと並んで患者の前に膝を突いた。

リーダーの宍髪の男性が思わず声をかけようとするが、並々ならぬ彼女たちの圧に屈して言葉を失う。

ソニアとソフィアは、同時に床に手を突くと、祈るように両目を閉じて魔力を放出した。何かしらの魔法だろう。

俺も意識を患者に向けて毒を排除していると、ふいに患者の周りに魔力で作られた花が生えてくる。

花は癒やしの効果を持っているのか、先ほどまで体を震わせていた患者がぴたりと動きを止めた。泡ももう出てこない。

なるほど、これがソニアたちの魔法か。癒やしを司る魔法っぽい。

【回答。エルフ族が固有で使うことができる《自然魔法》と呼ばれる力です。聖属性魔法のような

強い治癒力はありませんが、汎用性が高く、現在は周囲に鎮静の効果を与えています】

へぇ、エルフ族固有の魔法か。凄《すご》いな。でも固有ってことは俺は使えないのか。残念だな。

【否定。個体名マーリンはあらゆる魔法が使えます。自然魔法も使えます】

……あ、そう。

本当に神様が俺に与えたスペックっておかしいんだな。今さらながらに再認識した。

それはそうとこちらも順調だ。おそらくソフィアたちが使った自然魔法のおかげで、毒の巡りや効果が弱まっている。浄化するのは案外楽だった。

五分もすれば彼女の体から完璧に毒を抜くことができる。患者の顔が少しだけ明るくなった。

けどまだ致命傷が残っている。ソフィアたちの魔法で落ち着いているが、いつ血が噴き出してきてもおかしくない。

俺は聖属性魔法の浄化を解き、続いて治癒魔法を発動させる。

患者の傷口を魔力で覆い、徐々に治していく。

こちらはそんなに時間はかからなかった。およそ二分ほどで綺麗《きれい》さっぱり傷は消える。

聖属性魔法の治癒系統は集中力が必要なため、全ての工程が終わると少しばかり汗をかいてしまう。

すぅー、すぅー、と呼吸が落ち着いた患者を見て、俺はホッと息を吐く。

「お、終わった……」

俺の呟《つぶや》きのあと、

「おおおおおおおお!!」

冒険者ギルド内が凄《すさ》まじい喧噪《けんそう》に満たされる。

「すげえぇぇぇぇ！　あんな重症患者を完璧に治しやがった！」

「毒を消したってことは、アイツ浄化まで使えるのかよ！」

「やべぇな。亜人……いや、エルフの嬢ちゃんも魔法でサポートしてたぜ。普段、あれだけ嫌な目に遭ってるっていうのに」

「俺たち、今まで何をしていたんだろうな……」

喜ぶ者。嘆く者。称《たた》える者。

冒険者ギルド内には様々な声が響いた。

中でも俺が注目したのは、嘆く者。亜人を虐《いじ》めていた者たちが、ソフィアたちの奮闘を見て自らを恥じていた。

俺はただ冒険者を救いたかっただけだが、結果的に亜人の名声を上げることができた。

いつもなら悪態ばかり吐く連中も、今回ばかりはパチパチと拍手をする。

当然、今の一発で全員が亜人に対する偏見を捨てられるわけじゃないが、一人でも多くの人間が亜人に対する差別をやめてくれれば俺は嬉《うれ》しい。頑張った甲斐《かい》があるってものだ。

俺もまた、頑張ってくれたソフィアたちに拍手を送る。

「ありがとう、ソフィア、ソニア。二人のおかげで無事に患者を救うことができた」

「それほどでもありません。私たちはあくまでマーリン様のサポートに徹しただけですから」

「私たちだけじゃあの人は救えなかった。マーリン様の聖属性魔法があってこそよ」

ソフィアもソニアも首を横に振って自らの功績を否定する。

「そんなことないさ。二人が毒の巡りを弱めてくれたり、治癒をかけ続けてくれたからこそ、俺は彼女を助けることができた。おそらく後遺症のようなものもないだろうね。早くベッドで休ませてあげたほうがいいよ」

ちらりと冒険者ギルドの職員へ視線を移す。

「ギルドにベッド……もしくは休憩所のような場所はありますか？」

「い、一応ありますが……」

「ではそちらに彼女を運んでください。いつまでも固い床の上では忍びないので」

「なら俺が――」

倒れていた白髪の女性の仲間である宍髪の男性が手を上げる。しかし、それを俺の背後に立っていたノイズが制した。

「ノイズが運びます」

「うん、それがいいね」

有無を言わさずノイズがひょいっと女性冒険者をお姫様抱っこする。その様子を眺めながら俺は男性冒険者に言った。

「ビースト……亜人の彼女が仲間を運ぶのに抵抗があるかもしれませんが、今は我慢してください。あなた方もアラニアという魔物と遭遇してだいぶ疲れているでしょう？　そうでなくとも病み上がりだ。無理せず皆さんも休んでくださいね」

「いや……別に反対意見はないよ。むしろ仲間を助けてくれて、気にかけてくれてありがとう。俺たちはずっと誤解していた。亜人は恐ろしい、汚れた一族だと」

ソフィアやソニアに救われたことで、男性冒険者の中に新たな価値観が生まれた。申し訳なさそうにバッと頭を下げる。

「すまない！　今さら頭を下げられても不愉快だろうが、俺はどうしても君たちに感謝と詫《わ》びをしなきゃいけないんだ。先入観に囚われていた俺たちは馬鹿だ。亜人と人間なんて関係ない。君たちはいい人で、俺たちは最低な人間だ」

「か、顔を上げてください！」

いきなりの謝罪にソフィアが慌てる。ソニアのほうは平然としていた。心の底から納得はできないが、素直に感謝は受けとるといったところかな？

ソフィアもそうだが、ソニアも特に酷《ひど》い扱いを受けていたのだろう。たった一度の謝罪で全てを赦《ゆる》すことはできない。だが、俺はこれが歩み寄る一歩になってくれればいいと思った。

足をピタリと止めていたノイズも、

「ノイズは別に怒ってません。今はもう、ノイズも救われましたから」

とだけ言って振り向くこともなく冒険者ギルドの奥の部屋へ向かった。

「本当に……すまない……」

にわかに騒がしくなってきたギルド内で、彼の悲痛そうな呟きは不思議とよく響いた。

周りを囲む他の冒険者たちからも、亜人であるソフィアやソニア、虐められてもなお自ら手伝いを買って出たノイズを褒める声がたくさん上がった。

少なくともセニヨンの冒険者ギルドでは、これ以上亜人への差別が酷くなることはない……かもしれない。

立ち上がり、ソフィアとソニアを連れて俺たちはノイズのあとを追いかける。さらにその後ろからパーティーメンバーが続いた。

▼△▼

「アラクネ……か」

毒蜘蛛に襲われた冒険者たちを治癒したあと、アラニア、アラクネの情報は瞬く間に冒険者ギルド内に広まった。

親個体であるアラクネは上位の冒険者でなければ対処できない二級危険種。子供であるアラニアも中堅冒険者がパーティーを組んで対処する三級危険種だ。

特に厄介なのがアラクネによって無尽蔵に生み出されるアラニア。放置しておけばセニヨンの町が滅ぶほどの軍勢になるという。

話を聞いた冒険者ギルドのギルドマスターが、アラニアに襲われた冒険者がいる部屋を訪れた。

彼らに詳しい話を聞いている。

部外者である俺やノイズ、ソフィアとソニアがいてもお構いなしだった。当然、俺たちの耳にもアラクネの詳細が入ってくる。

「お前たちが遭遇したアラニアはどれくらいの規模だった？」

「最初は三体。倒したら今度は五体も湧いてきやがった。おかげでこのザマだ。マーリンさんたちがいなかったら確実に仲間を失ってたよ」

「ううむ……八体以上もアラニアが出たというのか。最初にアラニアの発見報告をくれたパーティーの話と合わせると、間違いなくアラクネが近くにいるな」

「ああ。町を守るためには、冒険者を募って掃討するしかねぇぜ」

「それも中堅以上の冒険者のみだな」

「駆け出しの奴らを前に出したら死ぬぜ。アラニアの餌になるだけだ」

「しかし……この町に中堅以上の実力を持つ冒険者はほとんどいない。正直、かなり賭けだな」

ギルドマスターは唸《うな》る。

敵はアラクネとアラニア――巨大毒蜘蛛の大軍。一体一体が充分な戦闘力を持つというのに、この小さな町にいる冒険者がどれだけ奮闘できるか。

しばらくはこの町を拠点に生活する予定だった俺もまた、不安が胸を突く。

正直、アラクネがどれほどの強さを持つのかは分からない。もしかすると今の俺より強い可能性もある。だが、俺は自らの全力を魔法の効果で封じている。それらを解放すればおそらく勝つのは難しくない。

問題は、怪物みたいなパワーを解放しアラニアとアラクネを倒したあと。俺は果たして、彼らの目にどう映るだろうか。

百歩譲って英雄と称されても困る。もてはやされるのが嫌なわけではないが、この容姿に常軌を逸した能力が組み合わさった時、民衆がどう反応するのかなんとなく予想ができる。ほぼ確実に神かその使徒だと思われるだろう。

さすがにこの歳で英雄やら勇者やら神様やら使徒やらと崇められるのは恥ずかしい。それに過剰な名声に縛り付けられるのも嫌だ。俺が目指す第二の人生は、もっと自由であるべきだ。

要するに目立ちたくない。目立つならもっと軽くでいい。さっきの治癒魔法を使って「きゃー凄い！」くらいでいいんだ。

ゆえに、俺はギルドマスターたちにアラクネを倒してきます、とは言えなかった。彼らの話を聞きながらきゅっと口を閉ざす。

「……そういえば、彼女、ノイズくんと言ったね？」

ちらりとギルドマスターの目が俺の左隣に座るノイズへ向けられた。

「はい」

ノイズが間髪入れずに答える。

「君は確か、つい最近ソロで三級危険種のガルムを討伐したと聞いたよ」

「えっへん！　それほどでもありません！　この大剣があれば余裕ですっ」

そばに立てかけてあった大剣にそっと触れ、ノイズは胸を張る。

俺は「あちゃー」と話の展開を予測してしまった。この流れはもうあれしかないだろう。

「実に素晴らしい。調べたところ、君はまだ四級冒険者らしいじゃないか。ソロで三級危険種が狩れるのにもったいない」

「？　別にノイズはランクなんて気にしませんよ？　ランクが低かったのも、武器を新調するまでノイズ自身が弱かったのが問題ですし」

「謙遜しなくていいさ。ガルムをソロで狩れるなら充分に三級冒険者の資格がある」

うんうん、とギルドマスターの男性が勝手に頷《うなず》く。ノイズのほうは話の流れを理解できていなかったが、俺もソフィアもソニアもげっそりとする。

どうせノイズを三級冒険者とやらにして、これから始まるアラニアとアラクネの掃討戦に参加させる算段だろう。

ノイズだけじゃなく、戦力が今は一人でも欲しいはずだ。連鎖的に俺たちまで巻き込まれそうだな……。

まあ、このセニヨンの町を拠点にしている以上、俺たちもアラニアによる被害をただ見守るつもりはなかったが。

「要するにノイズのランクを上げてアラニアを討伐しろってことですか？」

「……君は？」

ギルドマスターの言葉を盗んで訊《たず》ねると、歴戦の猛者らしい鋭い視線が、今度はこちらに向けられた。

俺はフードの内側で「こわっ」と感想を呟きながらもノイズに代わって答える。

「彼女とパーティーを組んでいるマーリンという者です」

「ああ、君の話も聞いているよ。人種を気にしない変わり者だとね。それに聖属性魔法を使えるとか」

「俺はあくまでパーティーの補助担当ですよ。ガルムを実際にソロで倒したのはノイズですし」

「それで？　何か言いたいことでも？」

「ええ。彼女のランクが三級冒険者とやらに上がるとして、我々にはアラニアの討伐が課されますよね？　緊急事態ですから」

「……うむ。正直、今は一人でも多くの手を借りたい状況だ」

ややや考えてからギルドマスターの男性は素直に俺の言葉を肯定した。

取り繕う様子はなかった。そこそこ好感の持てる相手だ。しかし、何事も慎重すぎるに越したことはない。俺はくすりと笑って話を続けた。

「でしたら、パーティーを束ねる者としてアラニアの討伐を引き受けましょう。ノイズ以外の俺と彼女たちは四級冒険者ですが、三級危険種の討伐くらいなら自信があります。ちょうどこれから町の外に出る予定でしたからね」

「わざわざ危険を冒すと？」

「あはは。一人でも多くの手を借りたいと仰《おっしゃ》ったのはギルドマスターじゃないですか。それに、我々は魔物を倒してお金を稼がないと生活できない身ですから」

「そうか……すまないな、若者に面倒事を押し付けることになって」

本当に申し訳なさそうにギルドマスターは頭を下げる。偉い地位にいるはずなのに謙虚な人だ。

俺はフードごと首を左右に振った。

「構いませんとも。この町を守りたいという気持ちは一緒です。ね？　ノイズ、ソフィア、ソニア」

「はい！　ノイズは相手が強いほどに燃えます！」

「居場所を潰されても困るわ。私は喜んで協力する」

「お任せください！　少しは役に立ってみせます！」

ノイズ、ソニア、ソフィアの順番で明るく答えてくれた。

「ありがとう、みんな。……そういうわけで、こちらとしてはアラニアの討伐に異存はありません。ただ、一つだけお願いしたいことが」

「お願い？　私に叶《かな》えられる範囲であれば聞こう」

「難しいことじゃないと思いますよ。我々の活躍に応じて、彼女たち――亜人の評価を上げてほしいんです」

「亜人の評価？」

「この町、国、世界で亜人がどういった境遇に置かれているのか、あなたはご存じでしょう？」

「うむ。あまりよいとは言えないな」

濁したが「あまり」なんて言葉じゃ片付けられないほど酷い。俺はそれをどうにかしたかった。

せめて、自分の手が届く範囲で。

「だが、いくら私でも『亜人の差別禁止』だなんてルールを追加することはできないぞ。それは領主様の役目だ」

「分かっています。俺が言いたいのは、ノイズたちの活躍を大々的に吹聴《ふいちょう》してほしいってことですね」

「なるほど。少しずつ亜人の地位向上を狙っているのか」

「そういうことです」

俺だっていきなり大きく亜人たちの境遇を変えられるとは思っていない。周りの評価を見ればそれが容易《たやす》いことだとは思えない。

そこで提案するのが、コネも発言力もあるギルドマスター、あるいは冒険者ギルドで、いかに亜人が頑張ったかを吹聴する作戦。

今、冒険者ギルド内では先ほどの治癒騒ぎで多少は亜人たちへの意識改革が起きている。そこへダメ押しの追撃を入れるのだ。そうすれば少なくともノイズやソフィア、ソニアといった心優しき亜人たちへの評価が変わるかもしれない。普通の人間として受け入れてもらえるかもしれない。

ついでに、アラニアという三級危険種の討伐を大量に行えばどうなる？　実力も充分に評価してもらえるのだ。口うるさい馬鹿を黙らせるには、実力を示すのが一番である。

まさに一石二鳥だ。

「よかろう。それくらいなら安いものさ。職員たちに声をかけて広めるように指示する。もちろん、君たちがその労力に見合うだけの結果を見せてくれた場合に限るがね」

「ええ。損得勘定が一番分かりやすくて助かります」

いざとなったら俺が力を解放してアラニアを殲滅し、全ての成果をノイズたちに譲ればいい。俺は陰から彼女たちを支えるのだ。

「では我々はこれで。いつまでも話に花を咲かせていると、帰りが遅くなってしまうので」

ソファから立ち上がる。ノイズ、ソフィア、ソニアの三人も同じくソファから立ち上がった。ぺこりと頭を下げて休憩室を出ていく。

さあ、異世界初の緊急依頼発生だ！　その名も、亜人の地位向上を目指せ！　だな。

▼△▼

ノイズ、ソフィア、ソニアの三人を連れてセニヨンの町を出る。

近隣の森の中へ入ると、先頭を歩くノイズが明らかに周囲を警戒していた。

「ノイズ、大丈夫そう？」

俺が声をかけると、彼女は険しい表情ながらも穏やかな声を発する。

「はい。今日はアラニアと遭遇するかもしれませんのでいつもより警戒を強めています」

「そっか。一応言っておくけど、一人で無茶な真似《まね》をするのはダメだよ？　今の俺たちは四人でパーティーなんだ」

「分かってます。ソフィアさんやソニアさんの力を頼れってことですよね」

「うん。ソフィアとソニアもそれで構わないかい？」

ちらりと左右に並ぶソフィア、ソニアの顔を見る。二人共特に不満そうな表情は浮かべず素直に頷いた。

「もちろんです。元々私はサポートくらいしかできませんし」

「私はリハビリも兼ねて手ごろな相手と戦闘がしたいわ。鈍《なま》った体を動かさないといざという時に困るから」

ソフィアは控えめに、ソニアはどこか自信の込められた眼差しで俺の顔を見つめる。

ソニアの言う通り、まずリハビリのために彼女だけで魔物と戦ってもらわなければならない。そのことはノイズも承知しているはずだ。そのことは感覚の鋭さを活かして索敵のために先頭を歩くノイズも承知しているはずだが、念のため声はかけておく。

「だそうだ、ノイズ。弱い奴が出てきたらソニアに譲ってあげてね」

「はあい。……ん？　何か近くにいますね。臭いからして……たぶんゴブリンかと」

「早速か」

ピタリ、とノイズが足を止めた。視線の先はさらに森の奥。この先にゴブリンか何かがいるのだろう。ソフィアとソニアの間にわずかな緊張が走る。

ソフィアはともかく、ソニアは数年ぶりの外だ。魔物と顔を合わせるのも久しぶりなら、戦うのもまた久しぶりになる。命を懸けたやり取りがこれから行われると考えれば、正常に動けるほうが凄い。

俺は不安げにソニアを見下ろし、彼女は腰に下げた細剣へと右手を伸ばす。

あの細剣は両親の形見らしい。ソフィアも一応は杖《つえ》を持っているが、それと同じで細剣は母親が使っていた武器だと教えてくれた。両親が死ぬ前に二人に託したのだという。

もちろん数年前から使っていた武器だ。劣化などが激しかったが、そこは俺の鍛冶魔法でなんとかした。今では新品のように美しい銀色の剣身となった。

「相手はゴブリン。いけるかい、ソニア」

「任せて。私が役に立つところを見せるわ」

口端を持ち上げてソニアは鞘《さや》から剣を抜いた。その様子を見てから俺たちはさらに森の奥へと歩みを進め――十メートルほど先にゴブリンの姿を見つけた。

「ノイズ、近くに他の魔物は？」

「いません。気配を消すのが異常に得意な個体でもいない限り」

「じゃあ頑張ってね、ソニア。ソフィアは何かあった時にサポートできるよう準備を。俺とノイズも危険だと判断したらすぐに行動するよ」

「了解です」

ソフィアとノイズが頷き、最後にソニアが細剣を構える。

久しぶりの実戦だというのに、ソニアの動きに迷いはなかった。緊張こそしているが、足取りも軽やかに地面を蹴る。茂みの中から飛び出し、最小限の動作でゴブリンへと肉薄した。

「ギギ？」

ゴブリンが途中でソニアの接近に気付く。血のように赤い瞳がソニアの顔を捉え、即座に反撃の準備に移った。手にした棍棒《こんぼう》を振り上げ、振り下ろす。

しかし、相手の攻撃を先読みしていたソニアは、棍棒の攻撃範囲ギリギリ手前で足を止め、拳三つ分ほど余裕を持ってゴブリンの棍棒が振り下ろされ切るまで待った。

虚空を撃ち抜くゴブリンの棍棒。ゴッ、という鈍い音を立てて棍棒の先端が地面に激突する。多少の痺《しび》れを感じたゴブリンは、続いて前に踏み出したソニアの攻撃に回避が間に合わない。ソニアも、相手が避けられない速度で最も速い攻撃を打ち込んだ。

刺突。

細剣の長所である細く鋭い剣先が、ゴブリンの頭部、そのちょうど中心を狙って打ち込まれた。狙いは完璧。寸分のズレもなくゴブリンの眉間を貫いた。

ゴブリンの体の構造は人間と酷似している。心臓や臓器の位置もほとんど同じらしい。これは俺がソフィアに前もって教わった情報の一つだ。

ゆえに、ソニアの攻撃は魔物の脳を一撃で破壊した。対人戦闘なら間違いなく必殺。実に恐ろしい攻撃だが、魔物は脳の一部を失っても即死しない。人間を遥《はる》かに超えた生命力を誇る。

「ギ、ギギ……ギッ！」

苦しそうな声を洩らしながらも棍棒を薙《な》ぐ。下から斜め左上へ振るわれた一撃は、それすら予想していたソニアに後ろへ避けられる。

最後の抵抗ではあった。ゴブリンはぷるぷると小刻みに体を震わせると、ゆっくり後ろへ倒れる。次第に震えが収まっていき、最後には動かなくなった。

「ふぅ……討伐成功ね」

完全に沈黙したゴブリンを見下ろし、ソニアが息と共に吐き出した。

細剣を鞘に納め、くるりとこちらを向く。もうソニアの表情に不安は無かった。

「お疲れ様、ソニア。久しぶりとは思えない動きだったよ」

速度こそビースト族のノイズには及ばないが、突き技は正確だった。相手の行動を読んで減速、停止したのも凄い。パチパチと俺は称賛を込めて拍手する。

ソニアは頬を赤く染めて照れた。

「そ、それほどでもないわ。やっぱり動きは前より遅いし、体力も今の戦闘で底をついた。もっと体を動かさないと」

「充分だと思うけどね」

ゴブリンを瞬殺できるんだ、前の実力を取り戻すのにそう時間はかからないだろう。

倒れたゴブリンの死体に近付き、インベントリの中へ収納する。パッと死体がかき消えると、全員で再び魔物を探して移動する。

道中、薬草に詳しいソフィアが足下に自生している幾つかの薬草を採取していた。これも依頼の一つだ。お金を貯めるための休憩を挟みながら、俺たちの冒険はどんどん進んでいく。やがて、ノイズがまたしても足を止めた。

「くんくん……この臭いは……」

「どうしたの、ノイズ。敵?」

「はい。人間とは思えない臭いです。魔物が放つ独特の臭いと言いますか……でも、ノイズが嗅いだことのない臭いです」

「へぇ。ということは、もしかするともしかするのかな？」

「可能性は高いですね」

ノイズと俺が言いたいのは、冒険者ギルドでその名を聞いた三級危険種アラニアだ。

他の冒険者たちの予想によると、このセニヨン近隣の森には、アラクネという非常に凶悪な魔物が住み着き、その子供であるアラニアが大量に生まれているのだとか。

本当にアラクネや大量のアラニアがいるかどうかの調査もするため、俺たちは密かにアラニアを探していた。そしてノイズも初見の敵ならおそらくアラニアだろう。

全員で慎重に魔物へ近付いていく。すると、

「いましたっ」

ノイズが三度《みたび》足を止める。視線の先には人間すら食べてしまえるほどの図体を持った大きな蜘蛛がいた。非常に気持ちの悪い外見だ。遠目からでも生物的な嫌悪感が滲《にじ》み出る。

「あれがアラニアか……強そうだね」

基本的に大きい魔物はそれだけ強い。動物だって熊や象、サメやシャチは強いからな。大きさは大事な要素の一つだ。

「今のところ近くに他の気配はありませんね。あの一匹だけかと」

「冒険者ギルドで助けた人たちは、複数のアラニアに襲われたと言ってたけど……俺たちは運がいいのかな？」

「ですね。とりあえずノイズが戦ってもいいですか？」

「もちろん。ソニアも異存ないね？」

「ええ。残念ながら今の私が一人で挑んでもアレには勝てないわ」

「なら決定だ。俺は他のアラニアが来た時に動けるようにしておく。ソフィアとソニアは万が一の時にノイズのサポートを」

「了解です」

「了解」

二人がほぼ同時に頷き、身の丈ほどの大剣を背負ったノイズが間髪入れずに飛び出した。先ほどのソニアを超える速度でアラニアへ突っ込む。アラニアはすぐにノイズに気付いた。

「キシャアアアア！」

口を開けて不気味な声を立てるアラニア。たぶん威嚇だろう。赤色の瞳がノイズの姿を映し、彼女の凶悪な笑みを見る。

「はあああああっ！」

肺から盛大に息を吐き、響き渡るほどの声量でノイズが叫ぶ。同時に振るわれた大剣が、空気を引き裂きながらアラニアへ叩《たた》き落とされた。

アラニアは咄嗟《とっさ》に後ろへ跳んだ。ノイズの大剣は地面を斬り、剣身が三分の一ほど埋まって勢いが止まる。

初手からパワーでのゴリ押しだな。ノイズらしいと言えばらしいが、見るからに搦《から》め手タイプのアラニアとは相性が悪そうに思える。果たしてどこまで戦えるのか。

「逃げるなっ！」

攻撃を外したノイズが即座に剣を抜いて駆ける。相手に距離を取られないようひたすら速度で接近する感じか。

対するアラニアは、ガチガチと口元を鳴らしながら白い——糸？　を放つ。糸はまっすぐにノイズの顔に飛んだ。それをサッと首を傾《かし》げて避ける。

「蜘蛛らしい攻撃だね」

糸は勢いを失い、重力に従って落ちていく。地面に接触すると、特に何も反応を起こさずくっ付いた。普通の糸だ。見たとこ、他に隠された能力はないっぽい。

その間にノイズがアラニアの懐に入る。あんな気持ちの悪い化け物を前に笑いながら近付けるんだからノイズは凄いな。俺なら無理だ。

「キシャアアアア！」

ノイズの張りつきに苛立《いらだ》ったアラニアが、鋭い牙を剝《む》き出しに反撃を試みる。

アレは冒険者たちを苦しめていた毒の牙か！　女性冒険者を助けた際に傷跡を見て気付いた。アラニアは普通の蜘蛛と同じように牙を使って対象に毒を流す。そのことを知っているノイズが、アラニアの攻撃に当たるはずがない。

前のめりに嚙《か》みつき攻撃を放つアラニアだったが、ノイズは自分の体の前に剣を挟んで側面でアラニアの攻撃を防御した。

俺が鍛えた剣は簡単には壊せない。甲高い音を立ててアラニアの攻撃を完璧に防御する。

次いで、ノイズは剣を握る手を捻《ひね》る。刃をアラニアのほうへ向け、即座に振り上げた。大剣がスパッとアラニアの体を両断する。

さすがの斬れ味だな。俺が頑張って作っただけあって、ノイズの大剣はアラニアの外殻に阻まれることなく体を両断できた。あえて接近したことがアラニアの敗因となった。

これなら速度に優れ攻撃を回避してくるガルムのほうがノイズには手強《てごわ》いな。ノイズもこんな簡単に倒せるとは思っていなかったのか、鈍い音を立てて地面に倒れたアラニアの死体を見下ろし、ぽかーんと口を開けた状態で棒立ちしていた。

後ろから俺が声をかける。

「お疲れ様、ノイズ」

ぽんぽん、と彼女の肩を叩く。

ノイズは至近距離でアラニアの体を両断したため、顔や体の前面に紫色の血が大量に付着している。そんな状態でちらりと背後の俺を見ると、

「お、終わっちゃいました……」

と情けない声が洩れる。

「ノイズの完勝だったね。さすがだよ」

「三級危険種のアラニアをあんなに簡単に倒すなんて凄いですね！」

「荒々しい戦闘スタイルは私と違ってカッコいいわ。おめでとう」

パチパチと拍手しながらソフィアとソニアも俺に続く。だが、唯一アラニアを倒したノイズだけ

は釈然としていないようだった。右手に握った大剣を見下ろし、

「今のは武器性能のおかげですね」

と自虐的に苦笑する。

「確かに大剣の斬れ味がいいっていうのもあるけど、そもそもノイズの高い身体能力と技量が無ければ倒せないさ。誇っていいんだよ、ノイズ。君の力はそれだけ上がってる。本来はこのくらいできるんだ」

武器の性能なんて、当てられなければ発揮できない。軽く頑丈なだけの大剣をあれだけ自在に振り回せるのだから、ノイズのスペックの高さがよく分かる。

「そうですよ！　私なんてこの杖で叩いても絶対に倒せませんし！」

「ソフィア、あなたは普通に魔法を使いなさい。私より上手《うま》いじゃない」

「あ」

そうだった、と言わんばかりに姉ソニアに突っ込まれたソフィアが唖然《あぜん》とする。

俺もソニアも、ノイズまでもがくすくすと笑った。ノイズの自信にも繋《つな》がったのか、先ほどまでモヤモヤしていた彼女の表情が晴れる。

「しかし……今からこれを収納するのか……」

目の前に倒れる二つに分割されたアラニアの死骸。体からは紫色の血液が漏れ出ている。うん気持ち悪い。

収納魔法は対象に触れなくても近くにいれば収納できる。嫌悪感は幾分かマシだが、他のアイテ

ムと一緒にこれを収納すると思うと気が乗らなかった。死骸というだけならガルムやゴブリンも同じだが、虫の形をしているのが生理的にキツい。

「頑張って、マーリン様。アラニアの外殻は硬くて需要が高いから、高く売れるわ！」

「アラニアの糸も丈夫で美しいと評判です！」

ソニアもソフィアも後ろから俺を応援してくれるが、どんな話を聞いても全然喜べなかった。けど、アラニアって実は珍味なんですよ！　と言われるより遥かにマシだな。たとえ美味でも絶対に食べないけど。

俺はやれやれと肩をすくめながらも収納魔法を発動。自分と同じくらいデカいアラニアの体が光に包まれて姿を消す。これでよしと。

「はい終了。まだ時間はあるし、他の魔物を探してみ――」

俺が言い終えるより先に、ノイズがバッと右を向いた。表情に焦りが生まれる。

「ふ、複数のアラニアの臭いが近付いてきてます！　死体のせいですぐに気付けなかった！」

「複数？　アラニアが……そっか」

助けた冒険者たちも複数のアラニアに襲われたのだ。本来は群れで行動すると聞いていた。

アラニアの速度的に俺とノイズはともかく、ソフィアとソニアは逃げ切れないな。抱えて移動する……のは間に合わないか。

俺が考えている間に、茂みを飛び越えて三体のアラニアが姿を見せた。どいつもこいつも気色の悪い外見は変わらないな。

「ど、どうしましょう、マーリンさん！　ノイズでも複数を相手にするのはちょっと……」

「ここは俺が担当するよ」

「ま、マーリンさんが？」

こくりと頷く。

ノイズがアラニアを容易《たやす》く葬り去るのを見て、こういう状況になったら自分が前に出るしかないと考えていた。

ノイズの戦闘力は俺に比べてかなり低い。ならば、圧倒的なステータスを持つ俺ならアラニアが束になっても勝てるはず。

ノイズを後ろに下げ、一歩前に出る。

「なぁに、そう時間はかからないさ。ちょっと派手にやるからね」

俺は右手を前に突き出した。魔力を練り上げて魔法を発動する。

使うのはあらゆる魔物と相性がいいという聖属性魔法。この魔法は治癒や浄化だけじゃない。光――要するに熱そのものを光線のように放つこともできる。

よくあるビームをイメージし、俺は魔法を複数構築してみた。イメージ通りに野球ボールサイズの球体が周囲に浮かび、それらがまるで意思を持つように光線を放つ。

幾つもの光がアラニアの体を貫いた。

一匹だけ俺の攻撃を回避した個体がいたが、光は無尽蔵にビームを放つ。一度や二度避けられたくらいじゃ攻撃は終わらない。

チカチカと球体が大きく光り、清らかな熱がアラニアの体に穴を開けていく。

空中に黄金の線を引き、粒子のようなものがキラキラと降り注いだ。幻想的な光景に誰もが口を閉じて魅入られる。

片やアラニアは、機動力を失い、防御力を無視され、最後には頭を貫かれて絶命に至る。

「討伐完了……かな」

周囲に浮かんでいた球体が残滓《ざんし》を残して虚空へ溶け込む。

戦闘はあっさりと終了した。木々が光線を受けて傷付いていたが、熱量が高すぎて燃えることはない。念のため水をかけて鎮火？しておく。

「いやぁ、意外と上手くいったね。魔法って凄く便利だ」

やるべきことを全て終わらせた俺は、くるりと振り返る。しかし、戦闘を見守っていたはずのノイズたちは固まったまま動かない。返事すらしてはくれなかった。

「みんな？　おーい、どうしたの？」

俺が彼女たちに近付き、手をぶんぶん顔の前で振ってようやく反応を示す。

「ハッ⁉　ま、マーリンさんの規格外の力に驚いて意識を失いかけていました！」

「き、規格外？」

割と魔力は込めたけど、さっきの魔法は本来の力の四分の一にも満たない出力だ。今のステータスでも本気を出せばもっと威力を上げられる。

「わ、私は最初からマーリン様が強いのは知っていましたが……攻撃魔法もあそこまで使いこなせるんですね！」

「正直、私たちの力なんていらないレベルね……」

テンションを上げるノイズとソフィア。だが、唯一ソニアだけはしょんぼりとしていた。隔絶した差を感じてショックを受けている。

「そんなことないよ、ソニア」

俺は彼女の言葉を否定する。

「実力は確かに高いかもしれない。みんなより強いかもしれない。でも、人間が一人でできることには限度がある。それに、俺はあんまり目立ちたくないんだ。みんながいるから攻撃魔法が使えたし、みんなと一緒にいたい気持ちに嘘《うそ》はない。みんなだってすぐ強くなれるよ。俺も手伝う」

「マーリン様……」

魔法って意識が割かれる分、ソロにはあまり向いていないんだよね。俺くらいステータスが高ければデメリットにはならないが、ソニアが落ち込むほどでもない。

三人ならすぐにアラニアを殲滅できるくらい強くなれるだろう。

ここで驚かれ、距離を置かれるほうが俺は悲しい。雑な言い訳にはなったが、ソニアは邪推することなく俺を信じてくれた。瞳に輝きが戻る。

「つまり、私たちを弟子にしてくれるってことね！」

「……え？」

そ、ソニアさん？　あなたは何を言ってるんですか？

どんどんテンションを上げていく彼女と、彼女の言葉に影響されて目を見開く他の二人を見て、俺は肩をすくめる。

なんだかもの凄く変な方向へ話が持っていかれたぞ……。

▲▽▲

ノイズたちと共にセニヨンの町に帰還する。

弟子云々《うんぬん》の件は保留にした。彼女たちを育てる気はあるが、いきなり俺が師匠と呼ばれることに抵抗があった。

足早にセニヨンの町の西区を目指す。俺たちが向かったのは冒険者ギルドだ。討伐したアラニアの死体を解体所で披露する。

「あ、アラニアが四体……」

受付の職員も呼び、収納魔法に入れておいた全てのアラニアの死体を取り出す。並べられた大蜘蛛を見て、職員たちは一様に生唾をごくりと飲み込んだ。

「四体以上は見つかりませんでしたが、少しはアラクネに関して役に立ったのではないかと」

「そうですね。他の冒険者からもアラニアを複数見たという報告が上がっていますので、アラクネが近くにいるのはほぼ確実でしょう。近日中に掃討戦が発注されると思いますので」

「掃討戦？」

「はい。言うなれば、アラクネを討伐するための決戦です。できるだけ大勢の冒険者の力をお借りしたいのですが……」

この町にそんな数の冒険者がいないことは既に知っている。

そして彼女は、俺たちに危険な戦いに参加してほしいと伝えるのを躊躇しているのだろう。暗い表情で拳をぎゅっと握りしめている。

やるしかないのなら、答えは決まっている。

「もちろん、俺たちも参加しますよ。お役に立てると思います」

「ほ、本当ですか⁉」

ぱぁぁぁっと女性職員の表情が明るくなった。他の職員たちも同じだ。

俺とソフィア、それにソニアは治癒系の魔法やスキルが使えるし、ノイズは純粋に戦闘能力が高い。ほぼ即戦力だ。喜ぶ気持ちはなんとなく理解できる。

「ええ。精一杯頑張ります」

「ありがとうございます！　マーリンさんたちほどの手練れが加わってくれれば勝てますよ！」

「どうでしょうね。戦争において最も大事なのは、やはり人数でしょう」

争いは数がものを言う。一騎当千の天才が一人や二人いても勝てないように、数には数をぶつけるしかない。

まあ、俺が能力を全解放すれば数による有利を踏み潰すことができるかもしれないが、その後の展開は地獄だ。神の使徒として崇められるか、森羅万象を壊す怪物として恐れられるかの二択しかない。

平穏なスローライフを望む俺にはどちらも必要ない。ゆえに、なるべく力は温存して、出すにしても他の人たちにバレないように注意しなきゃ。

「多くの冒険者が参加し、活躍してくれることを祈ります。……では、俺たちは査定が終わるまで外に出ていますね」

ひらひらと手を振って踵《きびす》を返す。ノイズたちを連れて解体所から出た。

「ねぇ、みんな」

解体所から離れてすぐ、俺は三人に声をかける。全員の視線が、同時に俺のほうへ向いた。

「これから忙しくなるみたいだし、先に済ませておきたいことがあるんだけどいいかな?」

「済ませておきたいこと?」

ソニアが首を傾げる。他の二人も頭上に「?」を浮かべていた。

「うん。アラニアの素材を売ってお金もそこそこもらえるだろうし、掃討戦が始まる前に——買い物しない?」

「買い物? 何か欲しい物でもあるんですか?」

「俺、というよりソフィアとソニアかな、ノイズ」

「私たちが?」

呆然《ぼうぜん》と呟くソフィアに、俺は首を縦に振って頷いた。

「そ。二人は最近宿に移ったでしょ? その前からあんまり日用品とか持ってなかったようだし、服も少ない。今を逃すとアラクネ騒動でゴタゴタすると思う。場合によっては店が減るかもしれない」

話を聞く限り、アラクネやアラニアの問題はかなり大きい。逃げ出す人や一時的に避難する人も出てくるだろう。人が減れば商売などしている場合ではない。俺たちも買い物している暇がなくなるかも。だから、息抜きも兼ねて買い物だ。正直、可愛いソフィアとソニアにはもっといい服を買ってほしい！　あと……これは完全に俺の問題だが、二人には下着の着用をだね……。

実は俺の仲間たち、誰一人として下着を着けていない。最低限パンツくらいは穿いているが、胸を隠すブラ的なものが無い。そのせいでたまに動き回っている三人を見て目のやり場に困る。だから提案した。激しい戦闘が起きる前に。

「どうかな？　時間があるうちに。明日とか」

「日用品……確かにマーリン様が言う通り、私もソフィアもそういう物はあまり持ってないわね」

「せっかくお金が手に入りましたし、私はいいと思いますよ」

「ノイズは護衛としてお供します！　欲しい物もないですし！」

よかった。三人共買い物に行くことには肯定的だ。ノイズにも下着くらい買ってほしいが、ビースト族の種族的なあれかもしれない。無理強いはできないかな？　一応、服屋に立ち寄った時にでも聞いてみるけど。

「じゃあ決定だね。明日、みんな目抜き通りにでも行こう」

「はっ⁉　これってひょっとして……」

「ソフィア？　どうかした？」

急にソフィアが目を見開き、強い反応を示す。

「あ……いえ！　何でもありません。気にしないでください、マーリン様」

「？　そっか」

あまり詮索されたくないのか、ソフィアはわざとらしく笑って視線を横に逸らした。ソニアの服をくいくいっと引っ張る。

「ねね、お姉ちゃん」

「なに、ソフィア？」

「明日の買い物なんだけど……」

俺に聞こえないようにソニアの耳元で何かを囁いている。静かな場所なら彼女の声も聞こえただろうが、周りの喧騒に遮られて俺の耳にソフィアの言葉が届くことはなかった。最後に聞こえた「買い物」という単語からして、明日何を買うのか相談しているというところか。しかし、ソフィアの耳打ちが終わるとソニアが、

「でぇっ!?」

と大きな声を上げた。……でぇ？　でぇ、ってなんだ？

実に続きが気になる言葉の切り方をしていたが、顔を赤く染めたソニアは声を抑えて、今度はソフィアに耳打ちをし返す。しきりにソフィアは頷いていた。

果たしてソフィアはソニアになんて言ったのか。ここまでリアクションがあると興味を引かれるじゃないか……。

むずむずする気持ちをグッと堪《こら》えて、俺は査定が終わるまで二人の姉妹を眺めて過ごした。疎外

感は、意外なことに感じない。

▼△▼

翌日。

すぐにでも街の外へ出て、大量発生していると思われるアラニアの討伐に向かうべきだが、今日はオフ。冒険者の仕事はお休みだ。

宿から少し離れた場所で、三人の女性が横に並んで俺のことを待っていた。右手を上げて挨拶する。

「みんな、おはよう」

「おはようございます、マーリン様」

「おはよう、マーリン様」

「おはようございます、マーリンさん！」

ソフィア、ソニア、ノイズの順番に挨拶を返してくれる。三人共、俺より早く部屋を出て待っていたらしい。

これから四人で買い物に出かける。同じ宿に住んでいるのだから、同じタイミングで宿屋を出ると思っていたが……なぜか、三人共外で待ち合わせがしたいと言い出した。理由を聞くと、「そっちのほうがそれっぽい！」という酷く曖昧な返事が返ってきた。それっぽいって何っぽい？　三人の間で共通の認識があるみたいだが、頑《かたく》なに俺には教えてくれない。女同士の大切な内容だとか。

そう言われてしまえば男である俺は弱い。首を突っ込むことができず、こうして外で彼女たちと顔を合わせて今に至る。

「早速、行きましょう。まずは何を買いますか？」

右腕をノイズに、左腕をソフィアに絡め取られる。唯一、ソニアだけは俺の背後に回っていた。ちょこんとローブの裾をつまんでいる。

「えっと……その前に、これ、歩きにくくない？」

両手に花状態。前世の記憶が曖昧だから初めての体験だ。男ならば誰だって嬉しいが、いきなりすぎて反応に困った。

「ノイズは平気ですよ！」

「私も大丈夫です」

「そ……そうなんだ……」

ハッキリ言われてしまった。これで俺が、「歩きにくいから離れてほしいな」と言えば、二人を傷つけることになる。ソニアも「大丈夫」って感じの表情を浮かべているし、俺だけワガママを言うのはちょっとね。

多少の歩きにくさくらい我慢しよう。むしろこの状況を楽しまないと。

割り切って前を向く。歩き出し、俺は言った。

「それじゃあ、最初は適当に通りを歩いて、気になったものを探そう。そのあと、服屋にでも寄るのはどうかな？」

「服？　服って、仕事用の服ですか？」

「違うよ、ノイズ」

わざわざ仕事用の服なんて買いません。というか、仕事用の服はもはや装備だ。装備は服屋ではなく、鍛冶屋とか冒険者ギルドでしか売ってない。

「俺が言ってる服は、みんなが普段使いできる私服さ」

「別に服には困っていないわよ？　マーリン様」

俺の後ろでソニアが不思議そうに答える。ソフィアもノイズも同意見なのか、俺の顔を見ながら無言を貫いた。

「そんなことないさ。みんな服を全然持っていないじゃないか。俺みたいに汚れが付かない特別な服なら分かるけど、三人共普通の服だしね。汚れは増えて、くたくたになる。新しい服は何着あってもいいでしょ？」

どれだけ買っても、どれだけ持っていてもかさばることはない。なぜなら彼女たちには俺がついている。俺の収納魔法なら場所を取らずに保管できる。今着ている服以外にも何着か持っておくのがいいだろう。そう思って提案したが、三人共やや微妙な反応を見せる。

「うーん……これまで気にもしませんでしたね。服は値段も張るし、消耗品なのでいつもギリギリに購入しますし」

「ノイズもソフィアさんと同じです。お金がもったいないと思ってあまり買ってきませんでしたね」

「第一、亜人には売ってくれない店も多いから」

「あ……」

ソニアの一言に、俺は嫌な記憶を思い出す。

俺を除く三人の女性は、この世界で虐げられている亜人だ。暴力や暴言は当たり前、人によっては物すら売ってくれない。冒険者には普通に接してくれる者も多いので忘れそうになるが、一般人にはそうでない者も多いらしい。この町の門番なんかがいい例だ。

唇を噛み、どうしたものかと悩む。

「それだと俺の予定も狂っちゃうな……」

「一応、売ってくれる人のほうが多いですよ。あくまで商売ですし」

「なら、やっぱり服は買っておこう。これから絶対に必要になってくるよ」

「必要に、ねぇ」

信じられない、と言わんばかりにソニアは呟くが、直後に「うん？　もしかして……」と顎に手を当てて考え込んだ。

「ソニア？」

俺が呼びかけると、彼女は頬をわずかに赤く染めて驚く。

「な、なに⁉」

「いや……急に考え込むから何かあったのかなと」

「な……なんでもない！　別に見せたい相手がいるとかそういうわけじゃないから！」

「？」

よく分からないが、無駄にテンションが高いことだけは理解した。

首を傾げる俺の服から手を離し、ソニアは昨日と同じようにソフィアの耳元で何かを囁いた。すると、ソフィアが「その発想はありませんでした！　さすがお姉ちゃん！」と叫んでパチパチ手を鳴らす。

どの発想だ？

「だとしたら、やっぱりマーリン様が仰るように……」

「ええ。私たちの――をよくするいい機会だわ。できるだけ――い服を選んで……」

「ノイズを混ぜてください！　お二人はマーリン様に……」

うーん。やっぱり周りの声がうるさくて三人の声が上手く聞き取れない。小声で話していると余計に。ただ、断片的な話をまとめると、三人の購買意欲って言うのかな？　服を買ってもいいんじゃないかという意識が上がってるような気がする。たぶん、服を買うのに賛成してくれそうだ。

俺は静かに三人の話が終わるのを待った。一人、周りを見渡しながら。

しばらくすると、長い話し合いを終わらせて三人が顔を上げた。俺を見るなり、三人を代表してソフィアが口を開く。

「マーリン様、ぜひ、服を買いに行きましょう！」

「買う気になったのかい？」

「はい！　もう今すぐ服が欲しいです！」

「今すぐ？　他の店はいいの？　別にあとでも……」

「今すぐ行きましょう！　時間は有限ですよ、マーリン様！」

「ノイズもソフィアさんの意見に賛成です！　早ければ早いだけお得です！」

「そうそう。マーリン様も前向きだし、前に服を買った所へ行きましょ？」

半ば引っ張られるように俺は、三人の女の子たちに連れて行かれる。もうプランは破綻したが……メインの服選びに本気になるのなら問題はない。俺は大人しくソニアとソフィアが案内する店へ向かった。

▼△▼

店に到着する。

そこは、多くの平民が集まる何の変哲もない服屋。露店ではなくしっかり建物を構えているが、店内はあまり広いとは言えなかった。それでも、値段はお手頃。主に女性が服を手に取って頭を悩ませている。

「マーリン様はそこでお待ちください！　これから服を選んできます！」

「え？　あ、ちょっと！」

俺を試着室のそばに放置して、ソフィアもソニアもノイズも一斉に店内へ散らばっていった。試着室の近くに置いてある服は、主に女性もの。当たり前だが、近くには女性客しかいない。そこで放置されると非常に気まずい。じろじろ周りから鋭い視線をもらい、俺はフードをより深く被って床を見下ろした。

アウェイの場所で座ってるだけって思ったより辛いよ……。

恥ずかしさで涙が出そうになる。周囲の視線を浴びながらも、ソフィアたちが戻ってくるまで、俺は静かに待った。　そうしておよそ十分。

まずはソフィアとソニアが数着の服を持ってこちらにやって来る。

「待っててくださいね、マーリン様。頑張ります！」

「頑張る必要あるの？　試着で」

「マーリン様の前で中途半端は許されないわ！」

「ぇぇ……」

服を買いに来たんだよね？　戦いに来たわけじゃないよね？　それに、別に女の子同士で見せ合えばいいんじゃないの？　わざわざ俺じゃなくても……。

そんな俺の疑問は、口から出ることはなかった。どうせ言ったところで、なんとなく、「それじゃあ意味ないの！」って返されそうな気がした。そして、あっという間に二人が試着室に入っていく。

試着室の数は限られている。一つしか空いていなかったため、ソフィアもソニアも同じ所に入った。

一つ一つが結構広いからギリギリ大丈夫……なのかな？

少しだけ心配になったが、ごそごそ着替えているみたいだし、たぶん平気なんだろう。今度はノイズの帰りと姉妹の着替えを待つ。

「ちょっと、もう少し横へずれてくれない、ソフィア」

「無理だよぉ！　お姉ちゃんこそ後ろに下がって。上手く服が脱げない……」

試着室の中からソフィアたちの声が聞こえてきた。店内は比較的静かなので俺の耳にも二人の小声が届く。どうやら二人が同時に利用するにはスペースが足りなかったらしい。何を急いでいるのか知らないが、今からでも他の人が使い終わるまで待って――。

「きゃっ⁉」

俺の思考が途中で乱れる。それは、ソフィアの短い悲鳴を聞いた直後だった。

おそらく体勢を崩したのだろう。薄いカーテンの内側からソフィアが倒れこむ姿が見えた。咄嗟に彼女はカーテンを掴もうとするが、カーテンを掴んだところで勢いは止まらない。カーテンを剝ぎ取り、まとめて床に倒れる。大して痛みは感じないだろう。衝撃も一瞬だけ。だが、問題は彼女の姿と、カーテンの内側にいたソニアの姿。試着中だったのだから、当然二人は裸――否、ギリギリ衣類を身にまとっていた。俺が言い忘れていた……下着を。

「～～～～⁉」

まさか下着まで見られるとは思ってもいなかったのだろう。ソニアが顔を真っ赤に染め上げる。慌てて両腕をクロスさせ、胸元や鼠径部《そけいぶ》などを隠すが、時すでに遅し。俺の記憶にくっきりと彼女のあられもない姿が刻み込まれた。

「わ、悪いッ！」

俺も急いで視線を横に逸らす。だが、今も脳裏には二人の下着姿が残っていた。ソフィアの青色の下着と、ソニアの赤色の下着が。

ソフィアはまだ若いからかそこまで体付きはふくよかではない。むしろかなり痩せ細っているほうだ。対するソニアは、ソフィアと同じガリガリではあるが、胸元が結構膨らんでいた。姉妹でも年齢差で体格に変化があるらしい。生き物なのだから当然っちゃ当然だな。問題は、どちらの下着姿も綺麗で可愛くて、俺の情欲をかき立てるって部分。要するに――俺も健全な男だから、普通に興奮した。我ながら恥ずかしい。

ステータス情報によると、俺は前世と同じ年齢だ。別に若くもないが、神様の配慮か、七つの大罪にも数えられる色欲がばりばり残っていた。体が強く反応こそしなかったものの、していたら気まずいってレベルじゃない。羞恥心やら罪悪感やらで首をくくりたくなる。

【忠告。個体名マーリンの強靭な肉体では、たとえ自らの意思で首を吊《つ》っても死にません。不快感がただ溜まるだけです】

律儀に神様からレスポンスが飛んできた。誰も聞いていないのに。というか、痛くないのは分かるが、首を吊れば気道が塞がって意識を失い死に至るのでは？　それはもう、レベルとか肉体強度の問題ではない気がする。

【回答。個体名マーリンは人間のようで人間ではありません】

おいこら。

【多少呼吸ができなくても、脳に酸素が行き届かなくても、簡単には死にません】

マジで化け物になってんな、俺……つか、死ぬには死ぬのか。

【肯定。ただし、それなりの時間を要します。苦痛が続くことを考慮すると、ほぼ死ねない、と判

断しても差し支えないかと】

さいで。ありがたい配慮だよ……。

自分が異世界に転生してもれなく人外になった現実を、改めて突きつけられた。それ自体に文句はない。せめて事前に説明しろよ、とは思うがその程度だ。神様が第二の人生をくれたと考えれば、むしろ感謝したい。

「うぅ……！　いたたた……」

体勢を崩して倒れたソフィアが、呻《うめ》き声を漏らしながら起き上がる。次いで、ゆっくり正面の俺の顔を見た。

どうして横を向いているはずの俺にそんなことが分かったのか。理由はあまりにも単純だった。

「ま……マーリン様……～～～～⁉」

という、ソフィアの恥ずかしそうな声が聞こえ、ギリギリ押し殺した高い悲鳴が上がれば、誰だって状況の予想くらいつく。

彼女は脱兎《だっと》の如く試着室へ戻っていった。カーテンを試着室の上にかけ直し、バサッという布が風を切る音が聞こえ、ようやく俺の現実は元に戻る。視線を正面に移すと、先ほどまでのパラダイス……否、ある種の地獄が消え去っていた。ホッとする。

「ふぅ……酷い目に遭った……」

言葉の選択肢としてはどうかと思うが、実際に大変な目には遭った。着替え終わったあと、俺はどんな顔してソフィアとソニアに向き合えばいいんだ？　絶対に気まずくなるだろ。俺も向こうも。

腕を組み頭を悩ませていると、そこに大量の服を運んできたノイズが戻ってくる。彼女はこちらで起きた騒動など気にもせず、太陽のように明るい笑顔を浮かべて言った。

「見てください、マーリンさん！　面白そうな服がこんなにありました！」

「ノイズ……」

面白そうって君ね。

「あんまり買えないよ？　それに、なるべく普通の女の子が着るような服がいいと思う」

「普通の？　そうですかね？」

「ああ。後悔しないためにもね」

くすりと笑い、俺はノイズの服選びを手伝うことにした。

結局、下着を気に入ったソフィアとソニアは、その後、俺と目を合わせることなく数着の服を選んで購入した。ほうら、すっげぇ気まずい。

▼△▼

笑いあり、涙あり、羞恥あり、気まずさありの買い物が終わる。

女性の買い物はそれなりに長いと聞くが、昼前に買い物を始めてすでに夕方に差し掛かろうとしていた。まだ夕方まで一、二時間ほどの猶予はあるが、俺たちは夜になる前に目抜き通りの一角に居を構えたカフェへと入る。遅くなったが昼食……夕食の時間だ。

四人が座れる大きなテーブル席に腰を下ろし、全員でメニュー表を確認する。残念ながらこの世界の料理技術はまだまだ未発達のようだ。町の飲食店でも、料理なんてたいていは焼いただけの肉とか盛り付けただけのサラダとか塩味のスープといった大雑把《おおざっぱ》なものしかない。麺はもちろん、カレーやオムライスみたいなものも存在しない。

全員で肉料理を選び、運ばれてくるのを待つ。まだソフィアたちとはぎこちないが、それでもぽつぽつ会話を交わせるようにはなってきた。そんな中、ふいに近くの席に座っていた二人組の冒険者の会話が俺の耳に入る。

「なぁ、どうするよ?」

「どうするって?」

「アラクネの件さ。この街の近くにあんな化け物が現れた以上、別の街に移るしかないぜ?」

「アラニアの討伐もしないまま逃げる気か!?」

「しょうがねぇだろ。アラニアだって三級危険種。俺たちの手には余る」

「……それもそうか。逆に足を引っ張るくらいなら、最初からいないほうがマシだな」

「そういうこと。アラニアに負けたら生きたまま喰《く》われるだろうし、そんな死に様はごめんだね」

「…………」

生きたまま喰われる、か。あまり考えないようにはしていたが、やっぱりこの世界は人間に厳しい。魔物たちは前世でいう猛獣以上に凶悪で危険だ。そしてその脅威が、今まさに俺たちの住む街に襲いかかろうとしている。

俺は……。

「マーリン様？　どうかしましたか？　表情が優れないようですが……」

俺が視線をテーブルに伏せると、違和感に気付いたソフィアが声をかけてくる。わざとらしく苦笑して、――ふと俺は思った。ひょっとして、まだ間に合うのではないかと。

「何でもないよ。それよりみんな、ちょっと大事な話をいいかな？」

「大事な話？」

ノイズが首を傾げる。不思議そうな表情を浮かべる彼女たちに、俺は覚悟を決めて告げた。

「今回のアラクネ、およびアラニアの掃討戦……俺以外は参加しないでほしいんだ」

「なっ！」

バン、とテーブルを強打してノイズが立ち上がった。

「どういう意味ですか、マーリンさん！」

今にも噛みついてきそうなほどの剣幕だ。しかし、俺は努めて冷静に言った。

「言葉の通りだよ。三人は大人しく町で待機しててほしい。ソフィアとソニアは治癒に似た能力が使えるし、医療班として参加するならアリかな？　ノイズはその護衛だね」

「納得できません！　マーリンさんだけ魔物を倒しに行くってことですか⁉」

「うん。そうなるね」

実は掃討戦の話を聞いた瞬間に俺はこの判断を決めていた。ノイズはともかく、ソフィアとソニアには難易度が高すぎる。危険だ。俺はみんなを死なせたくないし、リスクがある以上は一番強い俺だけが前に出るべきなんだ。

「嫌です！　ノイズはマーリンさんが頑張っているのに、町中でただ帰りを待つだけなんて耐えられません！」

「分かってほしい。俺はみんなに死んでほしくないんだ」

「ノイズたちではアラニアには勝てないと⁉」

「話を聞いていただろ？　町を滅ぼすほどの数と戦わなきゃいけないんだ。今日はたまたま遭遇した数が少なかったけど、二十倍、三十倍と膨れ上がった時、みんなは生き残れる自信がある？」

「それは……ッ」

怒りに身を任せるノイズすら冷静にさせる問いだった。みるみる力を失う。

そうだ。冒険者ギルドで聞いた話では、アラクネが生み出すアラニアの数は百を超える。そんな大群と戦って無事でいられる保証はない。俺一人で守れる量には限界がある。万が一にも死んだ場合、いくら俺の聖属性魔法でも蘇生《そせい》はできない。神様に直接聞いた。

「マーリン様のお気持ちはよく分かりました。確かに私たちは足手まといになる可能性が高いですね」

ソフィアは俺の提案に納得してくれている。にこやかに笑って落ち着いていた。

「ソフィアさん！　ソフィアさんとソニアさんは納得するんですか？」

助けを求めるようにノイズは喘《あえ》いだ。すると、二人の姉妹は揃《そろ》って首を横に振った。

「いいえ。納得できません」

ソフィアが断言する。続いてソニアが言った。

「私たちは掃討戦に参加するわ。マーリン様がいくらダメだって言ってもね」

「なっ！」

今度は俺が大きな声を上げる番だった。

「マーリン様が私たちに死んでほしくないと思うように、私たちもマーリン様にいつまでも頼っていたくないの。自分たちで考え、強くなって恩返しがしたい。それが仲間でしょう？」

「だとしても無理をする必要はない。わざわざ死地に飛び込むより、これから慎重に強くなっていけばいいじゃないか」

命は貴重だ。なにものにも代えられない。

レベルも装備も時間をかければいい。アラニアは俺や他の冒険者がなんとかする。だから無茶はするなと俺は言いたい。

「気持ちの問題ですよ。役に立てるのに安全な場所でただみんなの帰りを待つなんて嫌なんです」

「ソフィアさんの言う通りですよ！　ノイズは絶対に参加します！　この手でアラニアを倒し、強くなるんです！」

「私は元々リハビリが必要だからね。頑張ってアラニアを狩らなきゃ」

ソフィアも、ノイズも、ソニアも頑なに俺の提案を拒否する。受け入れたほうが遥かに楽な道だと分かっていて、それでも自らの心に従っていた。

俺の言葉は無粋だったな……ここまで言われてしまっては何も言い返せない。彼女たちを宝物のように大事にしていては、いつまでも成長できやしない。

過保護すぎたか？　無駄な親切心を出してしまったのか？

答えは出ないが、どちらにせよ彼女たちは退くつもりはなかった。ならば、最後まで責任を持って守るのが俺の役目だろう。

料理が運ばれてくる。俺はしばし沈黙を保ったあと、

「……ごめん」

小さな声でみんなに謝った。

「俺がナーバスになりすぎてたみたいだ。みんなは冒険者。自分の身くらい自分たちで守れるか」

「はい！」

「私はあんまり強くないので、お姉ちゃんに守ってもらいますけどね」

「頑張るわ！」

ノイズ、ソフィア、ソニアの順番で力強く答えてくれた。

最初から俺も覚悟を決めておけばよかったな。フォークを取って小さく笑う。

「それじゃあ、俺はいざという時にみんなを守れるようにするよ。だから、死なない程度に頑張ってね？」

全員、嬉しそうに笑った。食事の時間が始まる。

七章　掃討戦

アラクネの討伐を巡ってノイズたちと一悶着《ひともんちゃく》あった俺だが、どうにか最適な結論は出た。

みんながアラニアの掃討に賛意を示し、参加も示したことで逆に俺も踏ん切りがつくというもの。

そうして準備をすること二日。

ようやく、冒険者ギルドで大々的にアラニアの掃討、並びにアラクネの討伐が行われる。


「すっごい人ですね！　セニヨンの町にもこんなに冒険者がいたなんて！」

ぶんぶん、と尻尾を振りながら興奮を隠せていないノイズが、周りをぐるりと見渡して声を上げる。

「たまたまセニヨンの町に立ち寄っていた冒険者たちも参加してくれているみたいだよ。これならアラクネはともかく、アラニアの掃討はできそうだね」

セニヨンの町の正門に集まった冒険者の数はざっと三十を超える。誰もがパーティー規模でアラニアを討伐できる最低ラインを超えた冒険者たちだ。

総戦力という意味では間違いなくこちらも負けていない。それに、二級危険種であるアラクネを討伐するための精鋭部隊も用意されていた。こちらはいささか不安が残るとのこと。やはり俺がアラクネを見つけて援護、あるいは討伐するべきかもしれないな。

「……ちなみに、本当に二人は参加するの？　医療班とかじゃなくて？」

ちらりとノイズの両隣に並ぶ姉妹を見る。ソニアもソフィアもしっかり装備を身に付けていた。

「はい！　確かに私は戦闘能力は低いですが、拘束などは得意なのでお任せください！　サポートくらいはできますよ！」

「昔は三級危険種くらいなら倒せたの。心配しなくてもいいわよ」

「心配にもなるさ。ソフィアは非戦闘要員だったし、ソニアはまだ病み上がりじゃん」

「マーリン様は心配性ね。この二日、森の中で運動しまくったじゃない。ずいぶん感覚を取り戻せたのよ？　だいたい、いつまで私は病人なのよ……」

「一ヶ月くらい？」

「長い！」

ソニアから猛抗議される。自分は大丈夫だと思っていても、いざという時に体は止まるものだ。そして敵を前にした時、その隙が致命的になる。

「お姉ちゃんは私が見張っておくんで大丈夫ですよ、マーリン様」

「妹に見張られるのって納得できない……」

「こればっかりはマーリン様が正しいもん」

「はあい」

さすがしっかり者のソフィア。ソニアの手綱を握れているな。もちろん俺も目を離す気はないが、ソフィアに任せておけば安心できる。

「あ！　そろそろパーティーが発表されますよ。あっちへ行きましょう、皆さん！」

ちょうどいい感じに会話が切れた瞬間、ノイズがびしりとギルドマスターのほうへ指を差した。

今回の掃討戦は少人数のパーティーを補うために、最低でも二つのパーティーが組んで広範囲を索敵していく。そうして大規模なパーティーがセニヨンの町を囲う形で広がっていき、アラクネを探していくという作戦だ。

アラクネを探すだけならわざわざ戦力を分散しなくてもいいんだが、ただでさえ広域にわたってアラニアが散っている。放置はできないため、アラニアを倒しながら親を探すにはこの方法が最も安全だと言われた。

なので、俺たちの他に数名のパーティーと組んで索敵&討伐を行う。できれば亜人にも理解ある仲間が欲しいんだが……どうだろうな。

俺たちはギルドマスターの声が聞こえる範囲まで近付き、名前を呼ばれるのを待つ。

しばらくして名前が呼ばれると、俺たちは男性四人のパーティーと組むことになった。

「チッ！　亜人とパーティーを組むのかよ」

「あぁ、臭え臭え。獣の臭いがここまで漂ってくるぜ」

「クソ雑魚のエルフとか足手まといじゃねぇか」

「………………」

この町の冒険者ギルドではあまり見かけなくなった露骨な亜人差別。最悪なことに、俺たちのパーティーメンバーは酷《ひど》い言葉をノイズたちに放った。

今さらその程度の言葉で傷を負うほど彼女たちは弱くないが、聞いているだけでも不快感が溜《た》まる。できるならメンバーを変更してほしかったが、そこまで冒険者ギルドに迷惑はかけられない。アラニアさえ討伐できればいいのだ、ここは我慢するしかなかった。

ノイズたちも俺と同じ意見なのか、視線を落とせど抗議の言葉一つ上げない。

「おら、テメェらさっさと行くぞ」

口の悪い男性四人のうち、額に真っ赤なバンダナを巻いた長身の男が歩き出す。森の中へ向かって勝手に移動を始めた。

俺は何か注意でもするべきかと思ったが、作戦はまだ始まったばかり。自分の言葉が薄っぺらくなるだけだと踏み止まった。男たちの背中を追いかける。

「なんだか大変そうな人たちとパーティーを組むことになっちゃいましたね」

ノイズが俺のそばに近付き、ボソッと愚痴を零《こぼ》す。

「まったくだね。他の冒険者に訊《き》かれたら亜人差別するな！　って怒られていただろうに」

以前、アラニアに襲われた女性冒険者を助けたことで、ノイズたちの評価は高まっていた。

厳密には助けたのは俺だが、一連の行動を見ていた他の冒険者たちの目には驚きの連続だったのだろう。差別されていたはずの亜人たちが、何の躊躇《ちゅうちょ》もなく彼らを助けたのだ。

そこからはせめてノイズたちだけは差別しないようにと、冒険者たちの間で謎の結束力が生まれていた。

少しでもノイズたちが生活しやすい空間を作る、という俺の目標が叶《かな》った形になるね。もちろんセニヨンの中だけだし、ああして暴言を吐く人が完全にゼロになったわけでもないけど。

「なるべく三人共、彼らに近付きすぎないように気をつけてね？　何をされるか分かったものじゃない」

この世界は亜人たちに厳しい。似た容姿を持ち、高い知性を見せるっていうのに、わずかな違いから嫌悪感を抱く。

俺にしてみれば時間と感情の無駄だ。煩《わずら》わしい。

だが、それでノイズたちに手を出されるのは困る。俺自身、彼女たちに刃でも向けられたら自分がどういう行動に出るか分からない。そういう意味でも注意しておく。

「ノイズはマーリンさんから離れませんよ！」

「私たちも。ね、ソフィア」

「うん！」

「ならいいんだ。あとはアラニアを倒すだけだしね」

アラニアさえ無事に倒せればそれでいい。

俺は妙な不安を抱えながらも男たちのあとに続く。

しばらく森の中を歩いていると、ようやくアラニアたちを発見する。前方、四人組のパーティーの前から数体の大蜘蛛《おおぐも》が現れた。

「おっ！　アラニア発見。お前ら戦闘準備だ。亜人共に手柄を渡すなよ？」

「おう！」

なぜか無駄に張り合ってくる男たち。それぞれが剣を、槍《やり》を、弓を構えて戦闘を始める。俺たちも支援くらいしてやろうかと思ったが、

「テメェらは手を出すな！　これは俺たちの獲物だ！」

と怒られてしまった。

わざわざパーティーを組んだ意味を理解していないのだろうか？　頭痛がする。

「どうしますか、マーリン様。我々は待機を命じられていますよ」

ソフィアが困惑した様子で俺に問う。

「俺たちは平等だ。彼らの命令に従う必要はないんだけど……まあいいんじゃない？　俺たちの分まで戦ってくれるんだから好きにやらせておけば」

「そうそう。労せず依頼を達成できるならそれに越したことはないわ」

俺の言葉にソニアが同意を示す。

「万が一のことを考えて、いつでも戦えるように準備はしててね。周りへの警戒も怠らないように」

「はい！」

全員が頷《うなず》き、上手《うま》く立ち回る男たちの戦いを眺めた。

偉そうに言うだけはあるな。そこそこの実力に、息の合った連携、安定した立ち回りでアラニアを一方的にボコボコにしていた。

数体のアラニアくらいなら彼らだけでも討伐できそうだ。これは本当に今日は楽できるかもしれない。

「ハッハー！　こんなもんかよアラニアぁ！」

「手応えがねぇぜ！」

男たちは森の中でぎゃあぎゃあと騒ぐ。

騒げば騒ぐだけ体力を失うというのに元気な奴らだ。しかし、俺が危惧していた問題が起こる。

「──あ、マーリンさん！　奥からどんどんアラニアが！」

ノイズが真っ先に異変に気付く。

前方、男たちが戦っているさらに奥から、複数のアラニアが姿を見せた。その数はどんどん増えていく。

「なっ⁉　アラニアが十体以上はいるぞ⁉」

さすがの男たちもこの状況は想定外だったのか、戦闘を中断して後ろへ下がった。

「クソッ！　アラクネの奴、どんだけアラニアを産んでやがる！」

緊急事態に顔を青くする男たち。そろそろ俺たちの出番だ。

「どうやら出番が来たらしいよ、みんな」

「やっと体を動かせますね！」

「サポートは任せてください」

「無理しない範囲で戦いましょ」

ノイズが大剣を担ぎ。

ソフィアが魔法の準備を行う。

ソニアが剣を抜いて構えると、俺もまた魔力を練り上げて魔法の準備を整える。

「余裕を持って戦おうね。離れすぎないように」

「はい！」

頷き、全員が行動を始めた。

まずはノイズとソニアがアラニアの大群に突っ込んでいく。身の丈ほどの大きさを誇るノイズの剣が、力任せに振るわれた。

数体のアラニアがまとめて吹き飛ばされる。余裕を持って、と言ってたのに全力じゃないか。

「な、なんだあの馬鹿力⁉」

ノイズのでたらめな剣術を見て、四人組の男たちは驚愕《きょうがく》を露わにした。

ノイズは俺との冒険でそこそこレベルを上げた。ほぼ戦闘は彼女に任せきりだったが、その判断は間違っていない。

「あら、凄い力」

ソニアもまた、ノイズのパワーに感心する。感心しながらも素早く手を振った。鋭い突きがアラニアの足を正確に貫いていく。

お見事。

ソニアの攻撃はノイズほど威力が高くない。細剣ゆえの高速・正確な攻撃を得意とする。

本来は急所を狙うのがソニアのスタイルだが、アラニアは大蜘蛛。脳を剣で突き刺しても簡単には死なない。そこで、彼女はノイズにとどめを任せる形で相手の機動力を奪っていた。

細い脚を貫くのは簡単なことじゃない。熟練の腕と卓越した集中力が必要になる。

「ソニアは凄いね。一度も攻撃を外してない」

「お姉ちゃんは努力家ですから」

嬉《うれ》しそうに俺の隣でソフィアが答える。彼女は姉のことを話している時が一番楽しそうだ。

「でも、私も頑張らないと！」

ソフィアが魔法を発動する。俺の魔法は威力が高すぎるのと、魔法を覚えたばかりということもあって、コントロールがあまり上手くはない。乱戦時に使う余裕はないので、いざという時のために待機している。代わりに、ソフィアが周囲の植物を操ってアラニアたちを拘束した。

「さすがソフィア。いい魔法だ」

この魔法は、エルフ族に伝わる固有の魔法だ。神曰《いわ》く、この魔法をなぜかヒューマンである俺も使えるらしいが、なぜ使えるのかとツッコまれた時に返事に困るため俺は今まで一度も使っていない。下手《へた》に使って大惨事にもしたくないしね。

「ありがとうソフィア！」

「助かります！」

離れた所では、ソニアとノイズがソフィアにお礼を言っていた。

ノイズはより相手が倒しやすくなったことを喜び、ソニアは妹の成長を喜ぶ。

次々にアラニアは倒されていった。最初こそ俺は不安を抱えていたが、ノイズはともかくソニアのほうも動きは悪くない。自分に何ができて何ができないのかを明確に理解している者の動きだ。

戦闘を中断していた四人組の男性パーティーも、しばしノイズたちの動きに圧倒されていた。

「クソッ……亜人のくせに！」

途中で我に返ったのか、全ての手柄をノイズたちが取り切る前に動き出す。やや乱暴ながらも順調にアラニアが倒れていった。


「ああもう！　なんだかアラニアの数が減ってる気がしない！」

戦闘を続けること数十分。

順調に見えていた彼女たちの戦いに、徐々に暗雲が立ち込めてきた。

今しがたソニアが言ったように、アラニアの数が一向に減らない。減ったと思ったら森の奥から追加でアラニアが現れる。

もう地面に倒れているアラニアの数は二十を超えた。いったいどれだけ増え続けるつもりだ？

「ちょっと多すぎないかな？　アラクネってそんなにアラニアを生み出すの？」

「実際に戦ったことはないので詳しくないんですが、私もびっくりしてます……」

植物を操りながらソフィアが不安の声を洩《も》らす。

死骸も含めれば出現したアラニアは三十にも達していた。ノイズたちはもちろん、男たちも表情に疲労が見える。このまま戦闘が続けば確実に体力の消費が激しいノイズたちが倒れてしまう。

「や、やってられるか！」

とうとう我慢の限界と言わんばかりに男たちが大きく後ろへ下がった。俺のそばまでやってくると、踵《きびす》を返して走り出す。

「あ、おい！」

慌てて俺は彼らを止めた。まさか逃げようとするとは思わなかった。

しかし、俺の制止も虚しく彼らは勢いを緩めないまま来た道を戻る。隣を通りすぎていき——その行く手に、アラニアたちが現れる。

「は、はぁ⁉　なんでコイツらが後ろから出てくるんだよ！」

どうやらいつの間にか、アラニアたちに囲まれていたらしい。仲間を置いて逃げようとした彼らの前でガチガチと牙を鳴らしている。これでは逃げられない。

「まずいな……状況は最悪だ」

ここは俺が能力を使うべきか？　けど、近くにはあの男たちがいる。いっそ逃げ延びてくれれば全開で戦えたし、あとで糾弾もできたんだがな……。

そう考えながらも他に妙案は浮かばなかった。いまだノイズとソニアは戦っているものの、顔色は悪い。やっぱり俺が……。

そこまで思考を巡らせたところで、何か大きな音が聞こえた。

「ん？　今の音は……」

音が徐々にこちらへ近付いてくる。足音だ。アラニアたちとは比べ物にもならないほど大きな何かがやってくる。

それは、周りの木々を破壊しながら姿を見せた。

大きな蜘蛛の上に、女の上半身が生えている。赤い真ん丸な目が複数付いているのが、実に蜘蛛らしい。この特徴は――。

「あ、アラクネ？」

そう、冒険者ギルドで聞いていたアラクネの特徴に酷似していた。

「なんでアラクネがこんな場所に⁉　もっと奥で巣を作っているはずじゃ……！」

予想が外れた。

冒険者ギルドのギルドマスターによると、アラクネは大量のアラニアを生み出すために普段は巣に籠もっているらしい。巣は人里から遠ざける傾向があるはずだから、わざわざ産卵を止めてまでここに来たのか？　……いや、産卵はすでに充分終わっていたと考えると納得できる。

狡猾《こうかつ》にアラニアたちを隠していたのかもしれない。人間たちが森の奥へ足を踏み入れてくるまで。

「キシシシシ」

奇怪な声を発するアラクネ。戦っていたノイズとソニアがこちらへ戻ってきた。額にびっしりと汗を滲《にじ》ませている。

「まずいですよ、マーリンさん。今の我々では、確実にアラクネに負けます」

「逃げましょう。こうなったら少しでも他の冒険者と合流して数で押し切らないと！」

二人の言葉に頷こうとしたが、その前にアラクネが周囲に糸を張った。まるで俺たちを逃がさないとでも言うように。

「お、おい！　閉じ込められたぞ！」

男たちも困惑しながら絶望顔を見せる。周りは極太の白い糸で円状に覆われた。空もどんどん隠されていく。最終的にはドーム状になった。

「どうやら俺たちを逃がす気はないらしいね」

タイミングといい、慎重さといい、狡猾で有名なアラクネらしい戦い方だった。

だが、俺の能力ならこのドームを破れるかもしれない。簡単ではないだろうが、今は逃げるべき状況だ。

魔力を練り上げると、気配を察してか、アラクネが咄嗟に行動に移った。

俺のほうに大量のアラニアを仕向けた。ノイズたちは一切無視して大量の大蜘蛛が向かってくる。次いで、俺たちに向かって糸を飛ばした。反射的に横へ避けると、俺と他のメンバーをちょうど分断してドームの中に壁が作られる。構築の速度が速い！　しかも俺はアラニアたちが邪魔で魔法が使えなかった。

「邪魔だ！」

アラニアたちを蹴り飛ばす。ステータスは俺のほうが圧倒的に高い。

が、周りの邪魔者を排除した時にはもう、ノイズたちの姿は見えなくなっていた。

「チッ。アラクネはノイズたちのほうか」

まずいな。アラクネはアラニアより上の二級危険種。たぶん、ノイズたちじゃ太刀打ちできないレベルの敵だ。

早く助けないとノイズたちが死ぬかもしれない。かと言って無差別に能力を全開にしたら、壁の向こう側にいるノイズたちを巻き込む可能性がある。

今はなるべくアラニアたちを排除しながらあの壁を破壊するべきだ。どれくらいの耐久力か、殴って確認するしかない。

「頑張ってくれよ……ノイズ、ソフィア、ソニア！」

俺は三人の奮闘に期待しながらも、周りを囲むアラニアたちを睨《にら》んだ。

▼△▼

マーリンと分断されてしまったノイズたち。

アラニアを遥《はる》かに超えるアラクネの巨体を見上げながら、どうしたものかと考えていた。

「お姉ちゃん、マーリン様が！」

「しっかりしなさい、ソフィア。マーリン様なら平気よ。私たちより強いんだから」

「むしろこっちのほうがどうにかなっちゃいそうですね……」

焦るソフィアと違って、ソニアもノイズも冷静だった。冷静に目の前の化け物をどう対処すべきか思考を巡らせている。

「あなたたちも戦ってもらうわよ。逃げられるわけでもないんだし」

「う、うるせぇ！　亜人が俺に命令するんじゃねぇよ！」

こんな時でも亜人差別を止めない男たちはもはや拍手ものだろう。普通に考えて、手を組む以外に方法はない。バラバラに戦ってもアラクネには絶対に勝てないのだから。

「キシシシッ」

奇怪な鳴き声を発し、アラクネが動いた。

素早い動きで男たちの前に現れる。

「くっ！」

やるしかない。それが分かっていた男たちは即座に武器を構えるが、アラクネへの恐怖に足が竦《すく》む。

その隙を突かれ、仲間の一人がアラクネの糸に捕まった。

「しまった！」

ジタバタともがくが、アラクネの糸は非常に強靭《きょうじん》だ。力を込めても千切れず、武器を叩《たた》きつけて斬ろうとしても意味がない。

糸が引かれ、男の一人がアラクネの下半身の口元まで引っ張られると――バクンッ。

蜘蛛の口が開き、男をあっさりと捕食した。

「デイビット！」

デイビットと呼ばれたスキンヘッドの槍使いが死んだ。バキバキと不快な音がアラクネの下半身から響く。

状況は最悪だった。

「ソフィアは援護を！　ノイズさん、行くわよ！」

「了解！」

ノイズが答え、走り出したソニアに続く。

男たちは動けなかった。目の前のアラクネに心が折られていた。しかし、ノイズたちは動けた。

まだ戦えると言わんばかりに地面を蹴り、悪魔のようなアラクネを背後から奇襲する。

身の丈ほどのノイズの剣が振るわれた。全体重を乗せた最高の一撃を放つ。

それを、アラクネは片手で止めた。

「なぁっ⁉」

上半身の華奢《きゃしゃ》な右手で受け止められた。押しても引いてもびくともしない。

「そこっ！」

だが、これでアラクネの片腕が封じられた。ソニアがノイズの隣を通り抜けて刺突を放つ。狙うべきはアラクネの頭部。人間部分の頭を貫けば大きなダメージを与えられると踏んだからだ。

ソニアの剣は止まることなく――アラクネの頭部を貫いた。

「よしっ！」

どうだ？　と続けてアラクネの手首を貫いてノイズの剣を手放させる。

ノイズと一緒に一旦後ろへ下がると、

「キシシシシッ」

アラクネは平然と動いた。頭部の傷が再生を始める。

「う、そ……再生能力？」

上位の魔物が持つ驚異的な自然治癒力。例え頭を貫かれても死なないどころか、大してダメージも受けていない。

まさかとは思ったが、上半身が人間に似ているのは外見だけだった。アラクネの頭部に脳のようなものはない。そして、仮にあっても再生能力がある以上はソニアたちでは火力不足だ。絶対に、体力を削り切る前に再生される。

「どうしたらいいの……！」

手を止めてしまうソニアとノイズ。

そこに、ソフィアの声が響いた。

「負けないで、お姉ちゃん！　ノイズさん！」

「ソフィア……」

「マーリン様が来るまで時間を稼がなきゃ！　マーリン様ならきっと勝てるよ！」

彼女たちにとって唯一の希望はマーリンだった。特にソフィアはマーリンの真の実力を知っている。あれだけの能力があれば確実にアラクネを倒せるという確信があった。

その言葉に、ソニアとノイズも頷く。

「そう……よね。まだ、諦めるのは早すぎる」

前を向いた。まっすぐにアラクネを捉え、他の冒険者を、セニヨンの町を守るために剣を構える。

「時間を稼ぎましょう、ノイズさん」

「分かりました。ノイズもとっておきの奥の手を見せるのです！」

「奥の手？」

「あまり長くは持ちません。どうか、そのあとは任せました！」

言って、ノイズは地面を蹴った。大剣をでたらめに振り回す。遠心力すら使ってとにかく力を込めた。

当然、それらはアラクネの腕力には遠く及ばない。剣は弾《はじ》かれ、一方的に距離を取った状態で糸を飛ばされる。

「捌《さば》くので精一杯！」

糸を弾き、避けているだけで時間が過ぎる。体力も削られ、やっぱり時間すら稼げないのかもしれない。

そう思ったソニアの前で、ノイズが大きな声を上げた。

「ぐるるっ……！《獣化《ビーストモード》》!!」

魔力がノイズの体を覆う。凄まじい輝きが放たれ、光が消えるとそこには……四足歩行の獣がいた。

「の、ノイズさん？」

ソニアは困惑しながらも問いかけた。ノイズが頷く。

「あれがノイズさんの奥の手……ビースト族の秘術ですか」

ソニアは聞いたことがあった。

ビースト族の中には、獣へ至る能力を持った者がいると。本来の力を獲得し、圧倒的な戦闘力を誇るのだという。

ソフィアたちも、まさかノイズがそれを使えるとは思っていなかった。

黒い毛皮に紫色の瞳が爛々《らんらん》と煌《きら》めく。狼《おおかみ》に酷似した外見は、しかし通常の獣より圧倒的に大きい。牙を剝《む》き出しに、警戒するアラクネの下《もと》へと迫った。

「グルアッ！」

獣の本能を全開に襲いかかる。素早い動きでアラクネを翻弄していた。

「凄い！　アラクネの糸が届くより速い！」

俊敏にステップを刻みながら動くノイズに、アラクネは攻撃を当てられないでいた。逆にノイズの爪や牙は次々にアラクネの体を傷つける。

けれどアラクネは倒れない。再生能力が結果的にノイズの攻撃力を上回っているため、次に攻撃する時には完治しているのだ。

それでも時間は稼げている。ノイズが命がけでソフィアや男たちを守っていた。その姿に、男たちも魅入ってしまう。

「あ、あいつ……俺たちを守って……」

「早く動いてください！　ノイズさんもいつまでも持ちませんよ！」

男たちの前にソフィアとソニアが立つ。

表情と声は、情けない男たちに苛立《いらだ》っているようにも見え、聞こえたが、今は全員が協力しないと生き残ることはできない。彼らを奮い立たせるためにソフィアは周囲に魔力でできた植物を生やす。

鎮静化の効果を持った魔法だ。

苛立ちを覚えていたソフィアたちの気持ちも安らぎ、同時に男性冒険者たちも落ち着きを取り戻す。

「クソッ……あんな化け物と戦わなきゃいけないのか」

「でもよ、俺たちが女共に守られてるなんて情けなくないか？」

「普通、守るべきなのは彼女たちなのにな」

何やってんだ、と男たちは次々に武器を構える。

亜人に対する偏見が完全になくなったわけじゃない。今でも亜人は危険な種族だとは思う。

しかし、そんな彼らとて認めざるを得ない。

命を懸けて戦う者たちに、命が懸かったこの状況でグダグダと文句を言う者はいない。それぞれが命を賭して戦う覚悟を決める。

「しょうがねぇ、見せてやるか」

「おうよ！　俺たちは亜人にも魔物にも負けないってな！」

ノイズが徐々にアラクネに押されていく。

彼女の獣化は、変身中常に魔力を消費し続ける。

元々ソフィアやソニアのように魔力が高いわけでもない彼女にとって、獣化の対価はかなり重かった。

どれくらい重いかと言うと、変身状態を長く維持することができないくらいには重いのだ。

致命傷が与えられず、ほぼ一方的に殴られていくノイズ。残り魔力が危険域まで減少すると、一度大きく後ろへ下がった。

「すみません、ソフィアさん、ソニアさん。ノイズの魔力がそろそろ切れます……」

「充分ですよ、ノイズさん。彼らもようやくやる気になってくれましたから」

「退け。ここから先は俺たちがやる。お前たちは援護だけに徹しろ」

「そうそう。亜人や女子供は後ろにいたほうが安全だぜ？」

口は悪いが、どことなくノイズたちを思いやる言葉にきょとんとする。

「……何かあったんですか？　あの人たち」

ノイズが獣化を解除してから首を傾《かし》げた。

ソフィアもソニアも苦笑する。

「たぶん、ノイズさんの戦闘を見て自分たちを恥じているんじゃないですかね？」

「勝手な話よね。亜人だと差別しておいて今さら」

「でも、少しだけ頼もしいと思います」

「まあね」

「なるほど……」

ノイズは二人が言うことをよく分かっていなかったが、戦ってくれるというなら何も文句はない。

獣化を発動したことによる疲労が一気に全身へ襲いかかる。鉛のように重くなった体が、ガクリと膝を曲げて尻餅を突かせる。

「あっ、と……」

「ノイズさんはしばらく休んでいてください。マーリン様もすぐ助けにきてくれるでしょうし、彼らと協力すればもしかするとアラクネが倒せるかもしれません」

「次は私が前に出るわ」

ソフィアが精神疲労に効く魔法を使い、ソニアが細剣を手に前に進む。

「うぅ……すみません。獣化は結構体にきてしまうので……」

「おかげで光明は見えました。私たちだって頑張れると」

くすりと笑ってソフィアはソニアを見守る。男性冒険者たちと連携しながら遠距離攻撃の糸を捌いていた。

アラニアがいない分、こちらはアラクネに集中できる。問題は、相手の再生能力が高すぎること。あの再生能力を突破するには、再生を無効化できるであろう聖属性の魔法か、それに準ずる浄化系のスキルが無いとダメだ。

やはり、マーリンがアラニアたちを倒すのを待つべきなのか……とソフィアが無言で思考を巡らせている時。

ふいに、近くで大きな音が聞こえた。

「？　今のは……」

「マーリンさんのほうですね」

隔離された糸の壁の向こう側、地面を揺らすほどの衝撃と甲高い音が響いた。

パアァンッ、と。

▼△▼

ノイズ、ソフィア、ソニアたちと分断された。

俺の前には強固に編まれた白い糸の壁がある。周りには壁を作り上げたアラクネの子供、アラニアの姿も。

状況はかなり悪い。俺はともかく、圧倒的格上のアラクネと戦うことになったノイズたちの身が心配だ。

「さっさと壁を壊して……」

グッと拳に力を込める。

今の俺のステータスは四重の封印を課しているが500。アラクネのレベルがどれだけ高いかは知らないが、糸でできた壁くらいは破壊できると踏んでいる。

魔法で切り裂いてもいいが、下手にぶっ放してノイズたちに当たったらまずい。向こうにはあまり役に立たない男性冒険者たちもいるのだ。素手による破壊が一番周囲への影響が低い。

そう思って地面を蹴ろうとするが、周りを囲むアラニアたちが俺に攻撃を仕掛けてきた。物量による体当たりが決まる。

「ッ！　邪魔だ！」

避けられず攻撃に当たってしまう。ダメージはほぼないが不快感は凄い。

何より時間が取られた。さっさとあの壁を壊さなくちゃいけないっていうのに。

俺は内心で苛立ちながらも聖属性魔法を使って周囲のアラニアたちを焼き殺していく。

俺の予想通り、アラニアたちのレベルは低い。オール５００のステータスがあれば簡単に討伐できた。

けど、

「クソッ！　数だけは無駄に多いっ」

雑魚は雑魚でもそれなりに数がいる。アラクネがこの辺りを糸で囲むより先に壁の内側に入っていたのだろう。俺の周りだけでも五十体くらいはいるぞ。

大量のアラニアたちを燃やし、蹴り飛ばしながら少しずつ糸の壁に近付いていく。

まもなく壁に接近する。前方にいるアラニアは全て倒した。優先的に狙っただけあって、残りのアラニアは後方から追いかけてくる個体だけだ。

いける。壁に攻撃できる。

今度こそ俺は強く握りしめた拳で白い糸の壁を殴り付けた。

邪魔する者はもういない。見事に俺の拳はアラクネの作り上げた壁に当たる。

しかし、

「――なっ⁉　こ、壊れないだと？」

正面から本気で殴り付けたにも拘わらず、凄まじい衝撃音を響かせるだけで糸がほつれることすらなかった。

なんて頑丈な糸だ！　少なくともアラクネのステータスは俺に相当近いことが分かった。余計に、ノイズたちのことが心配になる。

「やっぱり魔法で切り裂くか？」

多少のリスクは込みで相性がよさそうな魔法をぶつけるほうが効率的な気がしてきた。

背後から近付いてきたアラニアたちを聖属性魔法で焼き殺しながら、念のためにもう何回か糸の壁を殴る。

だが、当然壁は壊れない。はらはらと数本の糸が切れた程度だ。

「やるしかないな……」

覚悟を決めて、最も得意な聖属性魔法の光を正面に当てる。最初はなるべく、威力を落として。

けれど糸が焼き切れる速度が遅すぎる。

このままではノイズたちが死ぬほうが早いだろう。彼女たちが死ぬのは絶対に嫌だ。今も焦燥感が大きなストレスを生み出している。

「こうなったら！」

聖属性魔法を消し、アラニアを蹴り飛ばして俺は——封印の解除を行うと決めた。

正直自分がどれだけ強いか分かっていない状況でこの手は使いたくなかったが、やむを得ない。

なおも俺の妨害をするために走り寄って来たアラニアたちの前で、小さく呟《つぶや》いた。

「——第四封印、解除」

それは、俺がこの世界に転生してすぐに行った封印による自分のレベルやステータスの制限だ。

本来は敵を弱体化させるために使ったり、文字通り封印するために使う能力だが、俺は自らの高すぎるステータスを抑えるために使用していた。

その封印、最後にかけた第四の封印を解除する。

これで俺のステータスは全て１０００にまで戻った。今までの倍だ。

全身を不思議な全能感が駆け巡る。封印という名の重しが外れ、力が漲《みなぎ》ってくるようだ。

「失せろ」

封印を解除したのと同時に手を振る。

俺の生み出した凄まじい運動エネルギーが、衝撃となって真横のアラニアたちを吹き飛ばす。風が生まれ、複数のアラニアがまとめて消し飛んだ。

凄いな。軽く力を振るっただけでもこれだけ違うのか。

俺は自分の能力に驚きながらも確信を得る。今の力ならあの壁を壊せると。

再び地面を蹴った俺が、拳を握り締めてパンチを放つ。

空気を引き裂きながら拳が迫り、アラクネの糸でできた壁に触れる。直後、パアァァンッ！　という甲高い音を立てて白い糸が崩れた。前方へ見事に弾け飛ぶ。

「よし、成功！」

アラクネたちが俺と彼女たちを分断するために作った壁が壊れた。正面にアラクネの巨体が見える。

「ま、マーリンさん……！」

ノイズの声が聞こえてきた。視線を横に向けると、アラクネの正面には複数の影が。よく見なくても分かった。ボロボロに傷付いたノイズたちが倒れている。

「ノイズ！　ソフィアにソニアも！」

全員、血を流しているが命に別状はないようだ。近くには意外と奮闘したのか、同じように血を流しながら意識を失っている男性冒険者たちの姿も。

とにかく俺の仲間は生きている。よかった。よかった！

俺はホッと胸を撫《な》で下ろしながら、こちらを見つめるアラクネを睨んだ。

「アラクネ！　お前はここで倒すぞ」

男性冒険者たちは意識を失っている。今なら誰の目もない。

俺は全力で魔力を練り上げると、周囲に黄金の球体を幾つも浮かべた。

本当ならノイズたちを痛めつけたアラクネはこの手で殴ってやりたかったが、時間の無駄だ。より効率的に、より確実に相手を倒すために聖属性魔法を発動する。

集束した無数の球体が、チカチカッと輝いてビームを放つ。

「ッ⁉」

さすがのアラクネも高火力の物量に驚愕を隠せない。勢いよく後ろへ跳ねて光線を避けていく。

二級危険種と言われるだけあってなかなか素早い奴だな。だが、俺の攻撃は止まらない。アラクネが何度避けようがビームは永遠に放たれる。次第に相手の動きをズラし、遅れさせ、下半身の蜘蛛の足から削らんと狙っていく。

ジュインッ！　という甲高い音を立てて最初の一発が足の隅に当たった。

高火力で焼き尽くされた部分はあっさりと灰になる。

アラクネの表情がさらに険しくなった。こんな攻撃を致命的な部分に当てられたらまずい、と理解したのだろう。理解したところで無意味だが。

より一層集中力を高めるアラクネに、俺は聖属性魔法の数を増やすことで対応した。

さらに手数が増す。視界を黄金の輝きが満たした。

今の俺の魔力数値は１０００。５００だった時よりも魔力操作の練度が上がっている。数十という魔法を同時に展開することも可能だった。

追い込まれていくアラクネ。今度は腕にヒットする。左腕が吹き飛んだ。次いで蜘蛛の顔が貫かれる。光の槍は外側からじっくりとアラクネの体に穴を開けていき――最終的に、上半身の眉間を貫いた。

「ッ……！」

「終わりだ」

そこに脳があるのかどうかは知らないが、アラクネの動きがピタリと止まる。その隙を見逃さず、一斉に光線が全身に殺到した。

高熱量によってアラクネの体が欠片《かけら》すら残らず消し飛ぶ。

周囲の自然もごっそり削れたが、アラクネの討伐だと思えば安いものだ。あの化け物を残しておけば確実にセニヨンの町に災いを招く。

徹底的にやるに越したことはない。

「ふぅ」

討伐完了だ。俺はくるりと横を向く。

「マーリン様……」

俺の横で、戦闘を見守っていたソフィアたちがあんぐりと口を開けていた。

遅れて俺は気付く。

――しまったぁ⁉　ちょ、ちょっとやりすぎたか？　三人には刺激が強すぎたかもしれない。

強すぎる力は恐れを生む。恐れとは絆《きずな》を破綻させるのに充分な感情だ。

俺は恐れた。彼女たちに嫌われてしまうことを。

しかし、

「ま、マーリン様凄い！　あのアラクネを圧倒するなんて！」

ソフィアも、ソニアも、ノイズも。三人共わぁっと歓喜の声を上げて称賛の言葉を口にした。

誰も恐れを抱いていない。

「……え？　だ、大丈夫なの？　みんな」

「大丈夫？　何がですか」

思わず訊《たず》ねてしまったが、今更言葉を濁すことはできない。

またしても恐る恐る俺は言った。

「今の戦闘が、だよ。俺の力を見て怖いとか思わなかったの？」

「怖い……いいえ、全然。とても綺麗《きれい》な光でした！」

ノイズが当然だ、と言わんばかりに叫ぶ。他の二人もコクコクと彼女の言葉を肯定する。

どうやらビビっていたのは俺だけらしい。彼女たちは俺の想像よりも逞《たくま》しかった。

「そ、そっか……そうなんだ……」

俺はアラクネとの戦い以上の疲労を覚えた。

ガクン、と膝が崩れて地面に座る。よかった、と改めて安堵《あんど》する。

「マーリンさん⁉　大丈夫ですか！」

即座にノイズたちが近寄ってきた。本当に俺のことが怖くないらしい。

「平気だよ。全部終わったと思ったら気が抜けてね」

「なるほど。ではノイズが肩を貸しましょう！」

「ううん、平気。それより彼らを早く町まで運ばないと」

「アラクネの討伐も報告しなきゃいけませんね。マーリン様は一躍有名人になるかと」

「あー……それね」

そうだったそうだった。アラクネの討伐報告とかあったわ。

事前に気付けてよかった。俺はゆっくり立ち上がりながらソフィアたちに告げた。

「悪いんだけど、ノイズたちにお願いがある」

「お願い？」

三人ともこてん、と首を傾げた。俺は頷く。

「ああ。正門に戻った時、アラクネの討伐を行ったのは三人と男性冒険者《彼ら》たちだけってことにしてほしい」

「え⁉　ど、どうしてですか？　実質一人でアラクネを倒したのに」

「俺はあんまり目立ちたくないんだ」

ただでさえこの容姿で変に目立つのに、そこに英雄という肩書まで加わったら面倒事が多すぎる。

「名誉も何もいらない。みんなを守れただけでも充分さ」

「で、でも……」

「分かりました」

納得のいかないノイズに、背後からソフィアが了承する。

「ソフィア？　いいの？」

ソニアが訊ねる。

「うん。マーリン様にはお世話になったし、気持ちもよく分かる。手柄を横取りするみたいであんまり気分はよくないけど、これもマーリン様のためだもん！」

「……確かにソフィアの言う通りね」

ソニアも妹の台詞《せりふ》を聞いて納得してくれた。

「うぅ……ノイズは、人の手柄を奪うような真似《まね》は嫌いです！　けど、それがマーリンさんのためになるなら……」

戦闘が大好きなノイズ的にはあんまり受け入れ難い内容だったらしい。それでも最後にはぶんぶん首を縦に振って受け入れてくれた。

俺は彼女の頭を撫でながら感謝する。

「ありがとうノイズ。大丈夫だよ、きっとみんなもすぐにあんな奴倒せるくらい強くなるさ」

先ほどの戦闘でアラクネの討伐経験値を獲得してるはず。今後、彼女たちには期待しかない。アラクネから生き残っただけでも凄いのだから。

「じゃあ行こうか。彼らを担いでね」

「分かりました」

「ノイズにお任せを！」

「ソフィアとソニアは休んでていいからね」

ソフィアとソニアを除く俺が二人。ノイズも二人、男性冒険者を担いで正門へと向かった。

そういえばアラクネの素材……かっとなって灰にしちゃったけど、持ち帰れば高く売れたのかな？

後悔はしていないが、やりすぎたと反省する。

ま、死体が残らないほうが言い訳を並べる時に便利ではあるが。

全員で力を合わせて二級危険種アラクネを討伐した。

親であるアラクネを失ったアラニアたちは、文字通り蜘蛛《くも》の子を散らすように後方の森へ逃げていった。それを冒険者たちが追撃するのに数時間。

充分にセニヨンの町近隣の森からアラニアたちがいなくなったことを確認し、俺たちの掃討戦が終わる。

意識を失った冒険者たちを町の正門付近まで運び、そこから俺たちは治療班の一員として動き回った。

掃討戦が終わるまでに時間がかかったのは、ぶっちゃけ俺のせいでもある。

聖属性魔法でアラクネの体を灰にしてしまったため、死体を持ち帰れず討伐の確認が行えなかった。

幸いにも、各地に散った冒険者たちが、「急にアラニアたちが逃げ始めた」という報告をし、大量のアラニアの討伐も確認されたことで、アラクネの討伐もまた認められた。

他にも、気絶していた男性冒険者たちがアラクネを見たこと、遭遇したことをギルドマスターに説明してくれたのが大きい。

自分たちは意識を刈り取られ、ノイズたちがいなかったら確実に死んでいた――とも言ってくれた。

最初は態度が悪い連中だったが、ノイズたちに助けられたことで素直に自分たちの気持ちを整理したのだ。それだけでも偉い。

結果的に依頼は達成。俺もノイズも、ソフィアもソニアも大量の報酬を受け取ることになる。


「わ……わわ⁉　こ、こんなに金貨をもらってもいいんでしょうか？」

震える手で金貨の入った袋を持ち上げるノイズ。ソフィアとソニアも似たような動きをしていた。

「そりゃあ俺たちの働きに見合った報酬だって渡してくれたものだからね。受け取らないのはむしろ失礼なんじゃない？」

「で、でも……アラクネを倒したのは……」

「いいからいいから」

余計なことを口走りそうになったノイズの口を、人差し指でぴたっと閉じる。

ちょっとキザすぎるかなって思ったけど、ノイズは俺の指が唇に当たってるのを見て顔を真っ赤に染めた。ギリギリセーフかもしれない。

「俺たちはパーティーでしょ？　パーティーっていうのは報酬を分け合わないと。仲間なんだから」

「でも急にこんな大金を得てしまうといろいろ不安になりますね」

「不安？」

ソフィアがぼそりと呟《つぶや》いた。

「はい。亜人が大金を持っていると、たいていは奪われてしまいますから……」

「それは由々しき事態だね」

冒険者ギルドでノイズたちにそのような狼藉を働く者は少ないと思うが、町中では話が変わってくる。

どこにでも不届きなことを考える輩というのはいるものだ。世界屈指の平和な国と言われた俺の母国、日本でも犯罪は尽きなかったしね。

「三人がよければ、三人のお金を俺が預かっておくよ？　収納魔法なら奪われる心配はないしね」

「ノイズはぜひお願いします！　持ち歩くのは怖いです！」

ずずいっとまずはノイズが袋を俺に差し出してくる。

信頼されているようで胸がほっこりした。

続いて、ソフィアとソニアも何の躊躇《ちゅうちょ》もなく袋を突き出す。

「マーリン様には迷惑をかけますが、それが一番いいですね」

「お願いね、マーリン様」

にこりと笑って俺は二人からもお金を受けとる。

三人分の硬貨が入った袋を収納空間に入れた。これで俺の許可なくお金を取り出すことはできない。

「それで、このあとはどうする？　せっかくだし、祝勝会でもする？」

二級危険種アラクネと三級危険種アラニアの大量討伐により、俺たちの懐は恐ろしいくらい温まっている。

今日くらいは贅沢《ぜいたく》してもいいと思うが、みんなはどうだろう？

「いいわね！　私は賛成よ」

「ノイズもたくさんお肉を食べたいのです！」

「じゃ、じゃあ私も……」

ソニアとノイズがノリノリに、ソフィアは慎ましく手を上げた。決定だな。

「よし、お店はどこにする？　俺はセニヨンの町に詳しくないから、よかったらみんなの意見が欲しいな」

「はいはい！　私はねぇ……」

「ノイズは肉が――！」

「うーん……美味しい料理を出すお店……」

それぞれが俺と肩を並べて歩き出す。

いつもより賑《にぎ》やかな冒険者ギルドを出て、あそこがいい、ここがいいとじっくり話し合った。

眼前に見える町並みは、これまで以上に綺麗《きれい》に見える。

▼△▼

セニヨンの町で起きた、アラクネの騒動から数日。

王都にある白亜の神殿にて、礼拝堂に置かれた巨大な神像の前で、一人の銀髪の少女が祈りを捧《ささ》げていた。

瞼《まぶた》を閉じ、膝を突き、両手を合わせて静かに祈る。

そうして時間がたっぷり流れていくと、ふいに背後から足音が聞こえてきた。

足音の数は一つ。銀髪の少女は慌てる様子も、驚く様子も見せずに祈りを続けた。

すると、足音は彼女の少し後ろで止まり、静寂を切り裂く低い声を発した。

「アウリエル殿下。お耳に入れたい話がございます」

渋い中に威厳を感じさせる老齢の男性の声に、アウリエルと呼ばれた銀髪の少女は、初めて瞼を開けた。

ゆっくりと立ち上がり、振り返ると柔らかな笑みを作る。

「どんなお話でしょうか、キュリロス枢機卿《すうききょう》」

「セニヨンの町はご存じですか？」

「セニヨン……確か、王都の南にある町ですよね？」

「はい。その町に殿下と同じ美しい銀色の髪を持った男性がいるという話を聞きました」

「私《わたくし》と同じ……珍しいですね」

スッとアウリエルの目が細められる。ルビーのように赤い瞳は、キュリロスと呼ばれた男性を視界に捉えたまま、彼の返事を待っていた。

「これは未確認の情報ですが、その銀髪の男性は黄金色の瞳をしているそうで」

「なっ……」

アウリエルの顔が崩れた。

目を見開き、口を大きく開ける。

「まさかそのお方は！」

「ええ。私が聞いた話が本当であれば、銀髪に金の瞳ということになりますね。我らが主と同じ」

キュリロスもまた感慨深い表情で頷《うなず》いた。

アウリエルはニタァ、と笑う。

「それはそれは……あぁ！　なんという奇跡！」

アウリエルが自らの体に腕を回して抱き締める。

くねくねと体をしならせると、上気した顔で天井近くにはめこまれたステンドグラスを仰いだ。

そこには、天使や神の姿が象られている。

「そのお話が本当かどうか……私自身の目で確認しなければ！」

「それがよろしいかと」

「では父には私のほうから説明します。キュリロス枢機卿は聖騎士の手配をお願いしますね？」

「畏まりました」

頷き、キュリロスは踵《きびす》を返して礼拝堂から出ていった。

その背中をいつまでも見つめていたアウリエルは、恍惚《こうこつ》の表情で最後に呟く。

「もう少しだけお待ちください。我らが主よ――」

その瞳に宿る赤色に、わずかに黒色が混ざったように見えた。

あとがき

この度は、『レベルカンストから始まる、神様的異世界ライフ～最強ステータスに転生したので好きに生きます～』の1巻をご購入していただき、まことにありがとうございます！

最近よく本を出す反面教師です。本作を含めると、今年は5冊目になりますね。我ながら、ただのweb作家がここまで本を出せるとは……人生、何が起こるか分かりません。特に7月と8月だけで4冊も出した時は、締め切りと夏の暑さに挟まれて、体はボロボロになりました。

皆さんは今年の夏、上手く乗り越えられましたか？　どんな仕事も、無理しない範囲で頑張るべきだと思います。

そんなドタバタな日々が過ぎて10月。気付けばそろそろ今年も終わりますね!?

この1年を通して、私は書籍作業ばかりこなしてきました。web作家の看板は錆びついています。ですが、その甲斐もあってどの書籍も一から書き直すことができたり、じっくり設定を変えられました。

本作もweb版と比べて大きく内容が変わっていますね。

大まかなシナリオは同じですが、ソフィアやソニアの設定が変わっていたり、魔物の名前が変わっていたり、より亜人たちにスポットライトを当てて物語が進んでいたりと……web版読者の方でも楽しめる一作になったかな、と。

まだ1巻が発売したばかりですが、皆さんの中に気に入ったキャラクターなどがいたら嬉しいです。私は特に設定を弄ったエルフ族のソニアがお気に入りですね。彼女はｗｅｂ版と名前まで違います。性格も変わっていて、さらに個性的になりました。

逆に「あのキャラがいなくなっている⁉」と驚く読者様もいるとは思いますが、本作が続けばその内出てくるかもしれませんよ？　なるべく、ｗｅｂ版の設定も大切にしたいと作者は思っています。その上で、ｗｅｂ版より面白く書ければ一番ですね。

最後に、作者があまり書いたことのないスローライフものを書籍化してくれたDREノベルス様。二つの作品に付き合ってくれた編集者様。理想通りの素敵なイラストを描いてくださったイラストレーターのりりんら様。最後に、本作を購入してくださった読者の皆様！　ありがとうございます。

マーリンたちのどこかゆるっとしたスローライフ。よければ今後も見守ってください。また2巻でお会いできることを祈っています！

DRE NOVELS

レベルカンストから始まる、神様的異世界ライフ

〜最強ステータスに転生したので好きに生きます〜

2024年10月10日　初版第一刷発行

著者　反面教師
発行者　宮崎誠司
発行所　株式会社ドリコム
〒141-6019　東京都品川区大崎2-1-1
TEL　050-3101-9968
発売元　株式会社星雲社（共同出版社・流通責任出版社）
〒112-0005　東京都文京区水道1-3-30
TEL　03-3868-3275
担当編集　石田泰武
装丁　AFTERGLOW
印刷所　TOPPANクロレ株式会社

ISBN978-4-434-34584-5

ファンレター、作品のご感想をお待ちしております。

右の二次元コードから専用フォームにアクセスし、作品と宛先を入力の上、コメントをお寄せ下さい。
※アクセスの際に発生する通信費等はご負担ください。

第2回ドリコムメディア大賞《銀賞》

偽装死した元マフィア令嬢、二度目の人生は絶対に生き延びます
～神様、どうかこの嘘だけは見逃してください～

あだち
［イラスト］狂zip

　毒や薬で裏社会を牛耳るフェルレッティ家の令嬢ディーナは、偽装死によって家から逃れ、心を改め十年間別人として生きていた。しかし兄アウレリオの思惑でディーナは生家に戻ることになる――フェルレッティを断罪すべく潜入している軍人テオドロに協力する「ディーナの偽物」として。少しずつ証拠は集まっていくが、実の所テオドロは一族全てを憎んでいる。なりゆきで彼に協力することになったものの、自分が「本物」であるとバレてしまったら。一方、どうやらテオドロには更なる秘密があるようで…？
〝嘘〟が紡ぐ、危険な異色やり直しラブロマンス、ここに開幕！

DRE NOVELS

どうやら貧乏男爵家の末っ子に転生したらしいです
～3女神に貰った3つのチートで、最高のスローライフを目指します！～

反面教師
［イラスト］キッカイキ

「嫌だ。こんな異世界転生は嫌だぁ！」

　三十路サラリーマンから異世界の男爵家の末っ子として転生したヒスイ。「異世界スローライフが楽しめる！」と思ったのも束の間、転生先の男爵家は、極貧な上に領地は魔物だらけ、おまけに家族からも虐められる、逆境すぎる環境だった！

　せめて同じく虐げられながらも優しくしてくれる姉たちを、なんとか助けたいと願っていたある日、『女神』を名乗る3人の美女から力を貰った彼は、歴史上初の『全能力持ち』として覚醒して――!?

　〝みそっかす〟から成り上がる、自由気ままな異世界成長録、開幕！

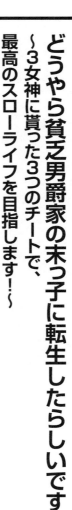